SOUVENIRS D'UN AVEUGLE.

# ZAMBALA L'INDIEN

ou

## LONDRES A VOL D'OISEAU,

OUVRAGE ENTIÈREMENT INÉDIT AVEC GRAVURES

PAR

## J. ARAGO,

*Auteur du Voyage autour du Monde, etc., etc.*

# III

Paris,

BAUDRY, LIBRAIRE-ÉDITEUR,

3, rue Coquillière, et rue de la Chaussée-d'Antin, 35.

1845

SOUVENIRS D'UN AVEUGLE.

# ZAMBALA L'INDIEN

ou

## LONDRES A VOL D'OISEAU,

OUVRAGE ENTIÈREMENT INÉDIT AVEC GRAVURES

PAR

## J. ARAGO,

Auteur du *Voyage autour du Monde*, etc., etc.

## III

### Paris,

### BAUDRY, LIBRAIRE-ÉDITEUR,

34, rue Coquillière, et rue de la Chaussée-d'Antin, 22.

### 1845

# ZAMBALA L'INDIEN.

# ON TROUVE A LA MÊME LIBRAIRIE :

## TOUS LES OUVRAGES DE

**MM. Alexandre Dumas. — Balzac. — Eugène Sue. Frédéric Soulié. — Georges Sand. — Charles de Bernard. — D'Arlincourt. — Paul de Kock. — Charles Reybaud. Sophie Gay, etc.**

*De bonnes conditions seront faites aux Cabinets de lecture qui achèteront les ouvrages des auteurs mentionnés ci-dessus.*

— o —

Nota. — Les personnes qui désirent acheter ou vendre des Cabinets de lecture peuvent s'adresser, pour toutes sortes de renseignements à ce sujet, chez M. Baudry, libraire-éditeur, rue Coquillière, n° 34.

Corbeil, imp. de Crété.

SOUVENIRS D'UN AVEUGLE.

# ZAMBALA L'INDIEN

ou

## LONDRES A VOL D'OISEAU,

OUVRAGE ENTIÈREMENT INÉDIT AVEC GRAVURES

PAR

## J. ARAGO,

Auteur du *Voyage autour du Monde, etc., etc.*

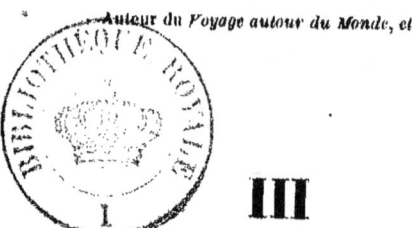

## III

𝕻𝖆𝖗𝖎𝖘,

BAUDRY, LIBRAIRE-ÉDITEUR,

34, rue Coquillière, et rue de la Chaussée-d'Antin, 22.

1845

# DEUXIÈME PARTIE.

# CHAPITRE PREMIER.

---

## COMBATS.

*Friendship is the reason of the heart,*
*Love is a delirium of the brain.*

L'amitié, c'est la raison du cœur,
L'amour, c'est le délire de la tête.
                    W.-L. Hughes.

## COMBATS.

— C'en est fait, se dit Zambala dès qu'il fut
rentré chez lui, la marche que j'ai suivie jusqu'à ce jour ne vaut rien, les chemins de tra-
verse ne font pas toujours arriver plus vite,
ils offrent trop d'aspérités, et je dois atteindre
mon but par de nouvelles combinaisons.

Les demi-moyens ne conduisent qu'aux demi-succès, on s'épuise en efforts stériles à ne frapper que des coups incertains; une seule fois j'ai montré de l'énergie, et lord B... est bien rivé dans son cercueil. Allons, allons, j'aime mieux avoir à briser un câble qu'un réseau. Les petits détails ne vont pas à ma nature, et je gravirais plus aisément une montagne escarpée que vingt humbles collines échelonnées à sa base.

J'ai besoin d'ailleurs de quelques auxiliaires; Biaggini est le furet adroit de la chasse morale que je fais, mais qu'est-ce donc qu'un appui qu'on n'ose pas avouer? et puis encore, pourquoi devoir une part du succès à un être qu'on méprise? Il faut une poignée de glaive pure pour que la blessure soit honorable, et le contact de Biaggini est une honte.

Georges est assoupi dans son malheur, c'est un corps à ressusciter; Edward et Betsy sont inhabiles à me seconder, tant la vie de l'un

remplit la vie de l'autre, tant la jeune fille ose
se flatter de s'emparer de moi en me jetant de
la jalousie à l'âme. Forçons les gens à s'occuper de nous, cela les empêche de s'occuper trop
d'eux-mêmes; je ne comprends pas un bonheur non partagé, une extase sans écho.

Edward espère en moi, j'enchaîne Georges
pour qu'il ne se perde point dans le désordre
de ses tourments; mais Betsy, cette Betsy si
douce, si ravissante, que j'aime comme ma
patrie, comme mon soleil..... Ah! qu'elle
ignore toujours le feu qui me brûle, car c'en
serait fait de sir Edward, d'elle et de moi...
Vaincue par la lassitude, elle semble se laisser
doucement aller à de nouvelles émotions, elle
n'évite plus ma présence, elle feint de ne l'a-
voir jamais redoutée... Mais cela est méprisable
et vil; et les passions qui se succèdent comme
les feuilles aux arbres, sont des mensonges
qu'il est de notre devoir de dédaigner.

Un instant, un seul, j'ai cru que la jalousie

se glissait dans mon âme, et j'ai tremblé pour
la sainteté de la parole qu'on avait reçue de
moi. Betsy s'en est-elle seulement aperçue?
a-t-elle jeté un baume consolant sur cette torture naissante? a-t-elle eu pitié de mes angoisses, et son cœur a-t-il entendu les battements du mien? Non, sûre de son triomphe,
elle ne s'en montre plus digne, son égoïsme la
sauve de toute douleur, et peut-être vit-elle
déjà dans la joie de sa guérison.

Pour donner un peu de calme à ses agita-
tions, Zambala s'approcha d'une croisée, l'ouvrit, et tomba sur un siége.

Betsy et sir Edward s'acheminaient vers sa
demeure, bras dessus bras dessous, serrés, attentifs, non pas comme des frères se faisant de
douces confidences, mais comme des fiancés
se racontant les enivrements de la veille et les
tendres projets du lendemain. La jeune fille,
calme et rosée, semblait craindre les regards
d'Edward fixés sur elle, et cependant de temps

à autre, elle interrogeait pour obtenir une réponse qu'elle trouvait trop courte, puisqu'elle
en provoquait une nouvelle. Il y avait là du
bonheur pour deux âmes, il y avait une damnation pour celle de Zambala, où venait se
glisser le poison de la jalousie. Betsy lui parut
mille fois plus belle, plus radieuse que lorsque,
revenue à la raison, elle osa lui déclarer son
amour, à lui indompté jusque-là. Quant à sir
Edward, il le dotait sans l'enrichir de toutes
les séductions devant lesquelles la femme doit
se courber. Ils étaient heureux sans doute, ils
ne pensaient plus à Zambala l'Indien, à Zambala le Tartare, à qui l'un devait le repos du
cœur, c'est-à-dire son ivresse, et l'autre l'absence de sa folie, c'est-à-dire le délire des passions satisfaites.

Dans son égarement frénétique, il oubliait
lui-même ce qu'il avait fait pour arriver à ce
résultat, et il accusait d'ingratitude deux êtres

pour lesquels un jour plus tôt il eût sans hésité sacrifié sa vie.

Plongé dans ses méditations, il ne vit pas Betsy qui venait d'entrer dans le salon et qui lui tendait une main amie; ce fut sir Edward à qui plein de trouble il présenta la sienne.

Betsy respira plus à l'aise et crut voir s'ouvrir devant elle les portes du ciel.

— Il m'aime, dit-elle de manière à n'être entendue que de sa conscience, il m'aime puisqu'il est jaloux, et maintenant, grâce à lui, sir Edward me semble plus beau que par le passé. Ce soir, demain, tous les jours, je sortirai avec lui, à ses côtés. Oh! vrai, sir Edward est le plus beau, le plus noble des gentilshommes, et je l'aimerai, ne fût-ce que pour la reconnaissance que je lui dois.

De son côté, sir Edward adressait à Zambala de touchantes paroles; et plus il y avait chez elles de douceur et d'affection, plus l'Indien les trouvait âcres et corrosives... Ce n'était

pas du bonheur d'Edward que Betsy le remerciait, c'était de son désespoir à lui, et voilà
pourquoi dès ce moment Zambala se promit
le parjure. Il allait de nouveau porter le coup
fatal au pauvre amoureux, lorsqu'un regard
jeté sur Betsy arrêta les paroles sur ses lèvres.
La jeune fille rayonnait... Elle avait vu la jalousie de Zambala, donc elle l'aimait encore...
Mon Dieu! mon Dieu! que sir Edward était à
plaindre!

Qu'est-ce que la compassion? c'est de la générosité. Aussi le farouche Indien, au sein duquel bouillonnaient toutes les passions, s'em-
pressa-t-il d'adresser quelques-uns de ces
mots du cœur dont le cœur s'empare avec
avidité, de ces mots dont le bruissement seul
est une harmonie, et qui jettent dans l'oubli
les douleurs passées.

Betsy ne s'y laissa pas tromper. Rien n'est positif comme le premier regard d'une jeune fille
qui aime et qui veut être aimée; rien n'est vrai

comme la pensée première. L'illusion ne vient
que plus tard, alors que la fragilité humaine
nous jette dans les rêves de l'avenir, comme si
la monotonie du bonheur était une infortune.

Georges n'était pas là, les trois amis pouvaient donc parler de leur tendresse, de leurs
projets, de leur reconnaissance. Zambala prit
la parole :

—Votre promenade a-t-elle duré longtemps?
leur dit-il en jetant son regard de l'un à l'autre.

— Voilà deux heures au moins que nous
parcourons les allées de Saint-James Park, dit
sir Edward avec un doux accent de gratitude.

— Que dites-vous, deux heures! répliqua
Betsy d'un air coquettement empressé, il y en
a une à peine que vous êtes venu me chercher.

— Comme les jours glissent vite dans les
douces émotions du cœur! dit Zambala d'un
ton de reproche qui fit tressaillir Betsy.

— Oh ! vous avez raison, continua la jeune
fille plus jolie encore de la jalousie de Zambala.
Si vous saviez tout le charme de cette ravissante
promenade, vous envieriez les moments trop
courts dont je garderai un bien tendre souvenir. La brise était si douce, elle se jouait si
follement à travers les arbrisseaux et la chevelure touffue des ormes ! Les eaux réflétaient
l'azur du ciel comme la glace la plus pure, la
verdure avait mille teintes variées dont le contraste reposait le regard, et les nuages qui se
promenaient sur nos têtes semblaient fuir avec
regret vers un horizon élargi. Oh ! oui, seigneur
Zambala, vous qui êtes si bon, si généreux
pour vos amis, vous, toujours de moitié dans
les malheurs qui les poursuivent, vous auriez
été une fois du moins de moitié dans leur enivrement. Et ce pauvre Edward, il fallait entendre ses paroles d'affection et de reconnaissance, alors que doucement appuyée sur son
bras, je provoquais à la fois ses questions et ses

réponses, dont vous savez qu'il est si avare!...

La nuit s'annonce limpide ; la journée de demain ne sera ni moins calme ni moins embaumée que celle qui vient de s'écouler..... A demain, sir Edward, un bonheur pareil à celui dont nous venons de nous enivrer ; libre au seigneur Zambala d'en prendre sa part.

— Oh! moi, répondit Zambala d'une voix farouche dont pourtant il retenait les éclats, moi, voyez-vous, je ne suis pas d'une nature si pastorale ; ma terre, mon océan, mon ciel, ont des rigueurs auxquelles je me suis façonné. Les typhons démolisseurs, les ouragans niveleurs des collines, lançant dans les airs obscurcis nos habitations les unes contre les autres ; les cataractes du ciel qui font de nos plaines des lacs immenses, où les populations disparaissent ; le tétanos, le choléra que nulle science n'a pu vaincre, voilà les hôtes de mon climat, voilà les ennemis en présence desquels je me suis longtemps trouvé ; voilà les émotions qui ont usé

mon âme et la tiendront toujours en garde
contre l'inconstance des saisons et des cœurs
d'Europe. A la bonne heure l'amitié chaude et
sainte qui vous jette dans le danger d'un autre; à la bonne heure le dévouement, la reconnaissance, ces deux vertus des grandes âmes
dont le type est à peu près perdu chez vous....
Mais ce que vous appelez ici de l'amour, c'est-
à-dire une préférence, quelque chose de vague,
d'incertain, de mobile, variant à chaque objet
qui passe, à chaque souffle qui naît et s'éva-
nouit, oh! de ces amours-là, je n'en voudrais
jamais inspirer, je n'en ressentirai jamais, à
coup sûr; et si je ne savais combien la passion
de sir Edward a de dignité, ce n'est pas moi
qui lui dirais : Jeune homme soyez heureux de
cet amour qui grandit l'âme, qui la fortifie dans
les revers, qui lui apprend la gratitude dans
les bienfaits. Aussi ce qui me sauvera dans cette
Angleterre si froide, si décrépite, de la honteuse
passion qui s'empare ici de tous les cœurs, c'est

moins le mépris qu'elle m'inspire que la cer-
titude qu'elle ne durerait que quelques jours
chez celle qui aurait osé me l'avouer.

Vous, sir Edward, vous, Betsy, vous êtes plus
positifs, et vous refuseriez tout bonheur dont le
terme vous serait montré avant la tombe. C'est
bien cela; et voilà comme je comprends l'amour,
comme je voudrais l'inspirer, comme je suis
capable de le sentir.

Edward et Betsy se regardaient stupéfaits,
chacun d'eux avait eu sa part dans les paroles
de l'Indien ; mais la jeune fille se sentait profondément outragée par l'injure faite à sa tendresse; elle trouva cependant assez de force
dans sa dignité pour ne pas rougir ; elle sentit
dans son âme assez de résignation pour ne point
se défendre. Zambala injuste envers elle, cruel
envers Edward, ne lui arrachait aucune larme,
et il y avait dans son silence un tel caractère
de grandeur, qu'il effaça tout ce que la résignation y avait jusque-là gravé si profondément.

Zambala s'y trompa lui-même, et ses lèvres serrées disaient son dépit plus que sa colère ; il allait éclater, quand un coup d'œil rapide jeté sur Edward lui montra le martyre du malheureux jeune homme.

Il était pâle et tremblant, il attendait comme un coupable résigné l'arrêt fatal ; une parole généreuse s'échappa du cœur de l'Indien.

— Quand je vous le disais! s'écria-t-il en se précipitant vers la porte.

— Que lui disiez-vous ? demanda Betsy en le saisissant par le bras.

— Qu'il serait votre mari...

Zambala sortit ; Betsy ne fit pas un geste pour le retenir, Edward remercia le ciel.

Hélas ! avait-il raison ?... Oui sans doute. Le naufragé attaché au débris du mât qui surnage, ne voit-il pas avec amour le navire qui point à l'horizon, et qui pourtant va disparaître sans le sauver ? L'Arabe du désert ne bénit-il point le prophète dont une main fatalement gé-

néreuse lui montre le mirage délicieux et in-
hospitalier où doit s'éteindre sa dernière espérance?... Et puis Dieu ne se lasse-t-il pas enfin
de ses rigueurs, et ne relève-t-il pas celui qui
se courbe sans cesse pour prier?

Betsy vint s'asseoir auprès d'Edward.

— N'est-ce pas que vous n'avez point entendu les dernières paroles de Zambala?

— Miss Betsy, je les ai entendues.

— Et vous les avez regardées comme prophé-
tiques?

— Qui sait si en enfer la voix du Tout-Puissant ne va pas quelquefois étouffer la torture
pour la rendre ensuite plus brûlante?

— Oh! cette pensée est horrible, sir Edward.

— N'est-ce pas, Betsy, qu'elle ne peut naître
que dans un cœur rudement éprouvé?...

— Cela est vrai; et je vous aime moins pour
vos espérances que pour tout ce que vous avez
souffert.

— Vous m'aimez donc un peu ?

— Ce ne serait point assez en échange de
cet amour puissant dont chaque jour vous me
donnez un nouveau gage.

—Oh ! vous ne savez pas, vous, jusqu'où vont
ses tortures, s'écria sir Edward en se jetant
presque à genoux.

— Si, je le sais.

— Vous me faites trembler, Betsy. Le seigneur Zambala...

— Vous voyez bien que je vous comprends.

— Je n'ai donc plus qu'à mourir.

— Non, Edward ; vivez pour me donner du
courage, pour m'aimer toujours... Et tenez,
mon ami, mon unique soutien, ma seule consolation, je ne sais comment traduire les battements de mon cœur, le seul livre que jusqu'à
ce jour j'ai dû consulter pour me guider dans
la vie... J'aime Zambala !... Arrêtez, sir Edward, je vous aime aussi. Nul de ces deux sen-

timents n'est un mensonge, croyez-le bien. Ma
tendresse pour lui est puissante, elle me semble
devoir être éternelle ; et cependant je ne tremble plus en sa présence comme par le passé ;
je le désire moins, je ne le cherche plus ; et
puisqu'il faut que je dise toute mon âme à celui
qui ne me cache aucun des secrets de la sienne,
j'ajouterai que tout à l'heure si j'étais si heureuse avec vous dans les allées de Saint-James-
Park, c'est que je pensais qu'il le saurait et
qu'il en aurait du chagrin. Ne vous y trompez
pas, mon ami, ce n'est point à cause de vous
que je veux être aimée de Zambala ; vous m'êtes
nécessaire comme une affection, il m'est indispensable comme le jour, comme l'air ; si je le
perdais, je mourrais à coup sûr ; si vous n'é-
tiez plus près de moi, je n'aurais plus de vrai
bonheur sur la terre... Il ne faut pas vous plaindre, sir Edward, de ma naïve franchise ; elle
doit vous réjouir au lieu de vous attrister ; vous
gagnez tous les jours dans ma tendresse, Zam-

bala perd chaque jour quelque chose dans mon culte. Ce que je ressens pour vous est un besoin, ce que j'éprouve pour lui est une religion... Qui sait ? peut-être qu'auprès de vous seul on serait heureuse en ce monde qui doit finir, et qu'auprès de lui seul aussi on le serait dans l'autre qui doit être éternel.

Celui que le destin a frappé dès sa naissance, ne croit guère à Dieu ; il est athée par le malheur, car tout lui dit qu'un être surnaturel doit consoler pour se montrer juste. Aussi Edward n'osa-t-il pas se plaindre du sort que lui faisait Betsy. Il voulait du bonheur ici-bas, laissant à Jéhova, au hasard, à la destinée, à la puissance surnaturelle dont il ne cherchait pas même le nom, le soin de le protéger ou de le poursuivre dès que la tombe se serait ouverte pour lui. Mais comme la nature ne perd jamais son empire, comme toute religion, celle de Lama, de Mahomet ou du Christ, n'est point soumise au caprice de l'homme, dès que le

bonheur promis par Betsy à Edward lui sourit
dans l'avenir, son incrédulité tomba, le flam-
beau de la foi jeta dans son âme une vive lumière, et l'athée devint croyant par la reconnaissance.

Betsy, dont l'œil n'avait pas quitté la pâle
figure d'Edward, attendait une réponse, elle
n'arrivait point au sein de la lutte des divers
sentiments du jeune amoureux à demi triom-
phant, et il gardait le silence dans la crainte
du repentir.

— M'avez-vous entendue ? lui dit enfin Betsy
d'une voix brève.

— Je le crois.

— Où êtes-vous en ce moment ?

— A votre côté, sous une des plus solitaires
allées de Saint-James-Park, où je me plonge
avec amour dans la joie dont vous venez d'enivrer mon âme.

—Oh ! vous méritez en effet du bonheur, vous
qui vous épanouissez au premier rayon d'espé-

rance qui vient vous visiter... Mon Edward, j'ignore d'où vous arrivera cette ivresse du cœur que vous comprenez si bien; mais je sais que je porterai envie à l'heureuse femme à qui vous la devrez.

— Taisez-vous, taisez-vous, ange consolateur, s'écria Edward en tombant à genoux ; ne voyez-vous pas que votre douce parole me tue, que votre regard me brûle?... Je vous aime, Betsy, je t'aime cent fois plus encore que tu n'aimes Zambala.

— Taisez-vous aussi, vous, imprudent qui rallumez l'incendie près de s'éteindre; Zambala, c'est l'homme du destin qu'on ne peut éviter; Zambala, c'est le démon sans cesse en présence de l'ange qui ne peut le vaincre. Ne me parlez donc plus de Zambala, ou craignez de me voir oublier que vous êtes là, tremblant et suppliant à mes pieds.

Zambala ouvrit la porte. Il s'arrêta un instant, et dit d'une voix fatiguée :

— Peut-être pensiez-vous à un châtiment,
tant la reconnaissance est une vertu de votre
pays. Oh ! vous avez tort de vous relever, sir
Edward, poursuivit-il avec un sourire amer.
Une place est toujours précieuse à garder quand
une femme vous autorise à y rester, et je lis
sur les traits de miss Betsy le pardon d'un
culte pour lequel un jour vous êtes venu
m'adresser un cartel audacieux. Au surplus,
si vous n'avez pas perdu de temps depuis mon
départ, j'ai utilisé le mien aussi, et dans moins
de trois jours vous en acquerrez la preuve. Il
n'y a pas de ma faute, je vous l'atteste, si les
événements ont marché avec tant de lenteur;
je trouvais un si fragile appui auprès de tout
ce qui m'entoure, qu'il m'a fallu plus d'énergie
contre vous que contre nos ennemis. J'accom-
plirai ma tâche jusqu'au bout, tâche d'abnégation et de dévouement fanatique, je serai
toujours Zambala l'Indien, sauvé par Georges
le policeman, et quand viendra le jour de l'é-

ternel adieu, je pourrai dire que je ne me suis
arrêté que là où les obstacles se sont montrés
au-dessus des forces humaines.

Edward s'était assis, honteux de son amour
comme d'une faute; Betsy était tremblante, et
Zambala, dont le visage ruisselait, se tenait toujours debout tel qu'un rigide accusateur. Le tic
nerveux de sa face agitait fébrilement ses traits
contractés; on eût dit que toutes les passions
de son âme se livraient un rude combat, et peu
s'en fallut que les deux êtres sur lesquels il
planait alors avec tant de puissance, ne vinssent
ensemble s'humilier dans leur bonheur et lui
en demander humblement pardon. Ses dernières paroles avaient été une menace pour
Edward et presque une ivresse pour Betsy; le
premier y lisait un arrêt fatal, Betsy l'accomplissement de ses vœux; et pourtant l'un et
l'autre regardaient Zambala comme une victime. Ce qu'il y avait de douloureux dans l'a-
venir d'Edward s'attiédissait dans les béatitudes

du présent, et puisque Zambala souffrait, il devait, lui, se croire heureux. Il y a des instants où les sentiments sont rapides comme la pensée ; on menace, on caresse, on adore, on maudit presque en même temps, et l'anathème s'échappe à peine du cœur que la prière s'y glisse avec le culte... Tels étaient alors les trois inséparables amis que vous eussiez pris pour des ennemis irréconciliables.

— D'où venez-vous ? demanda Betsy d'une voix suppliante.

— De remplir de douloureux devoirs.

— Le dévouement a ses bornes, et celui-là est impie qui exige ou accepte des sacrifices dont l'accomplissement est une torture.

— Tracez des limites à l'amitié ; elle devient indifférence.

Et puis encore, qui vous dit, miss Betsy, que je n'ai pensé qu'à vous, à sir Edward, dans la démarche dont je ne vous ai pas dit encore le motif ? Ne seriez-vous pas l'un et l'autre au désespoir d'une seule de mes douleurs? Ne me rendez-vous pas un peu de cette douce affection que je vous ai toujours consacrée? Laissez-moi de grâce ma part de bonheur sur cette terre d'épreuves, et quand une étoile me sourit au ciel, ne jetez pas entre elle et moi les nuages et les tempêtes. Si vos cœurs rayonnent de joie, laissez au mien quelque reflet de cette vive lumière, et ne demandez pas les ténèbres pour un ami quand vous êtes inondés de clarté.

Ce que je viens de faire, vous le saurez demain, (aujourd'hui peut-être, je n'ai pas eu le choix des moyens, le temps me fait défaut; mais le jour de la justice viendra pour tous, et alors... oh! alors, Dieu prononcera entre vous et moi.

— Vous savez que l'attente et l'incertitude sont deux poignantes douleurs, dit Betsy avec une larme dans les yeux, ne pourriez-vous nous les épargner?

— Croyez-vous donc, miss, que la précipi-

tation ne soit pas quelquefois un châtiment et
que le repentir n'efface pas le bienfait ?.. Voyez
pourtant où nous sommes arrivés ! On dirait
qu'il y a ici deux familles ! deux amis, un
étranger.

— Vous étranger ! s'écria Edward avec un
accent désespéré : un ami, c'est vous ; un frère,
c'est vous ; c'est vous, Zambala, qui avez
rendu à la raison cette jeune Betsy, objet saint
de notre amour et de nos respects ; c'est vous,
âme dévouée, qui consolez Georges et l'aidez
dans cette vie de misère qu'il traîne comme un
reproche à l'Éternel ! Vous, Zambala, une famille à côté de la nôtre ! Mais c'est un blas-
phème que votre bouche a prononcé, que
votre cœur désavoue ! Zambala, vous vous êtes
fait Européen pour nous sauver, voulez-vous
que nous nous fassions Indiens pour nous
perdre à vos côtés ?... Dites, et j'abjure mon
pays, ma religion, pour votre religion et pour
votre pays. On se crée une patrie partout où

deux êtres se parlent et se confondent dans les
mêmes émotions! Dites, Zambala, voulez-vous
quitter l'Europe où vous vous épuisez en
stériles efforts pour des amis nouveaux?
voulez-vous que nous vous suivions dans
l'Inde où nous vous rendrons peut-être tout
le bonheur que vous avez en vain essayé de
nous donner?...

J'attends.

Edward s'était précipité au cou de Zambala,
ses deux mains serraient convulsivement celle
que l'Indien lui avait tendue, tandis que Betsy,
la poitrine haletante, les yeux remplis de larmes, se demandait lequel des deux amis elle
aurait voulu pour frère, lequel son cœur aurait choisi pour époux.

Les yeux de Zambala, d'ordinaire si secs et
si étincelants, se voilèrent d'un nuage de larmes; il aurait voulu qu'Edward se fût montré
ingrat envers lui, que Betsy ne gardât aucune
reconnaissance de ses sacrifices; alors du

moins il se serait cru en droit d'arrêter l'effet
de ses promesses et de chercher sa part d'un
bonheur qu'il donnait aux autres. Céder sans
lutte avec cet homme d'une trempe d'acier,
c'était un moyen de le vaincre, on était écrasé
à le combattre.

Edward et Betsy se montraient soumis,
Zambala devait donc succomber ; aussi souf-
frait-il une double torture, et le malheureux
jeune homme dont il serrait toujours les mains
ne savait si cette pression était de la colère ou
de la tendresse... C'était tour à tour l'une et
l'autre ; la parole d'Edward, le regard de
Betsy opérait le prodige. Georges entra, Zambala se saisit de son bras et l'entraîna vers la
porte.

— Vous nous quittez, mon frère? dit Betsy
en jetant sur Zambala un de ces coups d'œil
qui bouleversent une âme.

— Il faut bien que Georges sache aussi nos
projets, dit Zambala d'un ton bref et solennel ;

il est de la famille, lui; il souffre, mon devoir
n'est-il pas de le consoler ?... Edward, poursuivit-il avec un profond soupir, remerciez-moi
de mon absence, Betsy, bénissez-moi de mon
éloignement... Le jour baisse, c'est l'heure des
mystérieuses confidences; Saint-James-Park
est resplendissant, la teinte de la verdure repose la vue, la brise est douce, elle se joue follement à travers les arbrisseaux et la chevelure touffue des ormes. Les eaux reflètent
l'azur du ciel comme la glace la plus pure...
Georges, viens, donnons le temps à ces deux
pauvres amoureux de se dire les douces émotions de leur âme.

Zambala et Georges sortirent.

— Comme il souffre, dit Edward dont le
cœur honnête et reconnaissant ne put retenir
cette parole.

— Vous croyez? demanda Betsy convaincue
déjà.

— Peut-être me trompé-je, miss, mes douleurs ont été si poignantes qu'elles se reflètent dans tout ce qui m'entoure, et je ne sais pas toujours si le sourire qui se pose sur une lèvre est une joie ou une amertume. Tenez, Betsy, il n'est pas vrai que la physionomie soit le vêtement de la pensée, Zambala est le cœur le plus noble que Dieu ait jeté sur cette terre, et il me semblait pourtant tout à l'heure qu'il tombait de sa bouche des paroles de mort. Qui menaçait-il? Vous? moi?

— Lui peut-être !

— Généreux martyr !

— Oh ! oui, martyr; Edward, car il m'aime de toutes les puissances de son être, il m'aime non pas comme vous, comme Georges qui mourriez pour moi; mais comme lui-même, qui se damnerait pour me sauver d'une douleur. Je n'accuse ni mon frère ni vous, sir Edward, chacun de vous remplit dignement auprès de moi, infortunée jeune fille, une vie de dévouement et de sacrifices... vous savez si j'en garde précieusement le souvenir ; l'un de vous m'aime parce que le frère aimé doit aimer la sœur, sans effort et avec bonheur ; vous, Edward, vous m'aimez parce que vous m'avez vue folle, errante, bannie du monde, sans pain, sans abri ; l'ordonnateur de ces tristes choses avait dit :—Cela sera, — donc cela devait être. Mais Zambala l'Indien qui devait vivre et mourir loin de nous sous son ciel étoilé, qui l'a poussé ici ? Non pas le hasard, mais la reconnaissance, cette puissante divinité des hommes aimés de l'Éternel.

Eh bien ! il m'aime, il aime la sœur de celui pour qui depuis longtemps il a quitté sa patrie, et cet amour est une torture !... Oh ! son Dieu a des caprices comme les mortels, il lance sur ses fils les colères et les passions, comme il le fait des ouragans et des trombes qu'il promène dans les solitudes de ses climats. J'ai cherché vainement à deviner jusqu'ici la pensée de Zambala, poursuivit Betsy

III. 3

encouragée par le silence d'Edward ; elle m'é-
chappe. Mais ne nous y trompons pas ; s'il
médite un sacrifice, il succombera, cela est
certain, au moment de l'accomplir. Les passions ne seraient plus des passions si nous
avions la force de les soumettre, et Zambala
l'Indien subit la loi générale, il résiste à tout
obstacle éloigné, mais quand le mur d'airain se
dresse devant lui, il le renverse ou il tombe, et
alors la passion seule est debout.

— Que désirez-vous ? miss Betsy, son
triomphe ou sa chute ?

— Je désire son bonheur !

— Zambala est assez magnanime pour se
consoler dans son abnégation.

— Vous consoleriez-vous de ma perte,
vous, sir Edward ?... Ne répondez pas, mon
ami, et suivons les conseils de Zambala, retour-
nons à Saint-James-Park.

— Oh! si la foudre doit éclater sur ma vie,
pourquoi m'avez-vous montré le ciel ?

# CHAPITRE II.

---

## ALTERNATIVES.

*Doubt is always a misfortune.*

Le doute est toujours un malheur.
ALFRED DE VIGNY.

## ALTERNATIVES.

---

Edward et Betsy sortirent, et de peur d'at-
tiédir le calme et le bonheur qu'ils avaient
éprouvés une fois sous les allées ombreuses de
Saint-James-Park, ils prirent un chemin opposé sans se dire un mot, sans se regarder, bien

convaincus tous deux que les yeux voient dans
les ténèbres, que les cœurs battent dans le silence.

De leur côté, Zambala et Georges avaient
marché au hasard ; le premier impatient de la
sérieuse confidence qui lui était promise, le
second incertain encore s'il oserait la faire et
presque décidé à donner un démenti à ses résolutions.

Ils cheminaient lentement, lorsqu'ils s'en-
tendirent appeler. C'était le docteur Wollis,
qui leur tendit la main :

— Je vois avec plaisir que vos seigneuries
se portent à merveille.

— Monsieur Wollis prend ses désirs pour des
réalités, répondit affectueusement Zambala ;
mon ami Georges est presque toujours malade
par le cœur, et moi, je commence à comprendre
dre que votre climat glacé vaincra ma consti-
tution naguère si robuste.

— Le corps se façonne aux variations de

l'atmosphère, seigneur Zambala, dit le docteur, il n'y a que l'âme qui succombe à certaines secousses. Quand une fois elle traîne le boulet de la douleur, c'en est fait du présent, c'en est fait de l'avenir, ils sont décolorés à tout jamais.

— L'apôtre trouve tant de consolations dans sa foi! dit l'Indien.

— La foi seule fait les martyrs, poursuivit M. Wollis, et si tout devait finir avec nous, je vous assure que le suicide serait un refuge encore plus qu'une guérison.

— Votre philosophie est bien changée, docteur; la première ouvrait la porte à l'espérance, celle-ci l'ouvre au désespoir.

— Que voulez-vous? Ce n'est pas nous qui faisons les événements, ce sont eux qui nous façonnent... Le vase et la statue prennent la forme que leur donne l'artiste.

— La blessure que vous avez reçue n'est donc pas encore cicatrisée?

— Le temps n'a nulle puissance sur les maux

de l'âme... A vingt ans nous tuons l'amour, à quarante l'amour nous tue.

— Il faut que vous souffriez beaucoup pour ne pas oser nous demander des nouvelles de miss Betsy, dit Zambala d'une voix attristée.

— Est-elle heureuse ?

— Elle se marie demain.

— Demain! dit Georges stupéfait.

— Demain ! s'écria le docteur atterré ; vous êtes le plus heureux des hommes, seigneur Zambala.

— J'en suis peut-être le plus infortuné.

Le docteur Wollis n'avait pas entendu les dernières paroles de l'Indien, et s'était éloigné comme s'il avait craint une contagion. Mais Georges, pour qui tout changement devenait une espérance, se hâta de demander à son ami l'explication de son étrange nouvelle.

— Ma sœur se marie demain, as-tu dit ?

— J'ai dit la vérité.

Zambala et Georges poursuivirent leur pro-

menade, serrés l'un contre l'autre, se parlant
à voix basse, mais jetant comme une lave ardente tous leurs sentiments au dehors. Qui ne
les eût point connus aurait pu les prendre de
loin pour deux ennemis prêts à se déchirer,
tant il y avait d'énergie dans leurs paroles, tant
il y avait de passion dans leurs regards.

— Oui, mon ami, dit enfin Zambala d'une
voix plus accentuée, j'ai vaincu le magistrat
par mes prières, j'ai vaincu le prêtre par mes
larmes. Le ciel est plus pur à celui qui échappe
à peine des flammes de votre purgatoire... Ne
cherche plus à combattre ma résolution, je
craindrais de n'avoir plus la force de l'accomplir... Il y aura du bonheur pour nous trois au
sacrifice que je m'impose. Ne dis ni à Edward
ni à Betsy combien je souffre; je les connais
tous deux, ils ne voudraient pas accepter... Il
est de certaines âmes auxquelles on impose des
félicités comme à d'autres des tortures; l'extase a ses priviléges, elle pousse à la clémence,

et l'on aime bientôt celui à qui l'on pardonne.

— Prends-y garde, Zambala, on meurt d'une désillusion ; toute lente souffrance tue, et la ténacité du destin énerve le plus mâle courage. Tu m'as vu dans l'Inde audacieux jusqu'à la témérité ; tel je m'étais montré ici et au milieu des tempêtes océaniques ; eh bien ! me voilà mort à tout sentiment d'énergie, et victime dévouée de tous les prestiges... Tu joues légèrement avec l'avenir de Betsy.

— Tais-toi, la voici au bras de son fiancé.

— Et l'époux ?

— Ce sera moi peut-être !

Les quatre amis se rencontrèrent comme s'ils ne s'étaient point quittés, ou plutôt comme s'ils s'étaient donné rendez-vous sur le trottoir de la rue ; ils se taisaient, et cependant que de choses ils avaient à se dire ! Georges, toujours affaibli par le malheur, n'avait pas même osé demander à Zambala le dernier mot du secret dont l'Indien venait de

lui parler; il avait compris un sacrifice, une
noble abnégation, il plaignait donc Zambala;
mais dès lors comment Betsy serait-elle heureuse en devenant la femme d'Edward, elle
que Zambala le farouche avait rendue à la
raison, elle qui sans doute aimait l'Indien et
n'aimait que lui.

Le silence que les quatre amis gardèrent
encore en arrivant dans le salon de Georges,
avait quelque chose de solennel que nul ne se
pressait de rompre; et cependant il pesait
comme un remords sur la poitrine de Zambala
et de Georges qui avaient tous deux une parole de béatitude à jeter dans le cœur de
Betsy. Toutefois le policeman ne pouvait pas
croire au consentement de sa sœur, si on lui
proposait Edward pour mari, et il ne comprenait pas non plus pourquoi Zambala lui avait
parlé de sacrifices et de douleurs. Aussi laissa-
t-il à l'Indien l'initiative des confidences in-
dispensables, qu'il fallait faire à sir Edward

et à Betsy. Mais, soit qu'il espérât une heureuse
révélation de Zambala dont le front soucieux
était toujours en hostilité avec son âme, soit
que les regards de Betsy l'encourageassent à
une provocation, Edward rompit le premier
le silence.

— Nous avons dit tout à l'heure à nos deux
seuls amis dans le monde les douces joies
de notre promenade, est-ce qu'ils ne diront
pas, eux aussi, à Betsy et à moi qui les ai-
mons avec tant d'abandon, les secrets entre-
tiens de leur dernière course ?

— Ne peut-on pas se repentir de trop
de curiosité ? répondit Zambala d'une voix
concentrée. On a beau dire que le doute est un
malheur, il est également une espérance, et
la parole que l'on invoque devient quelquefois un châtiment.

Edward et Betsy tressaillirent; Georges attendit avec anxiété, la figure de Zambala de-

vint terrifiante par le calme même dont elle
était empreinte.

Betsy s'était involontairement rapprochée
d'Edward comme pour chercher un défenseur;
mais un regard de l'Indien qui avait suivi ce
mouvement, lança une brûlante étincelle sur
le malheureux jeune homme dont l'ivresse fut
à l'instant réprimée. Zambala redevint généreux et ne voulut point prolonger une entrevue qui pesait sur le cœur de tous.

— Quelque énergie que nous ayons montrée
contre le sort infatigable à nous poursuivre,
dit-il avec rapidité, il est impossible, mes amis,
que nos corps et nos âmes ne s'épuisent pas
au combat. Nous sommes mortels, le destin
est de tous les temps, cédons à sa volonté
toute-puissante, et veuillons enfin ce que Dieu
veut.... Betsy, demain votre sort va changer,
demain le nom que vous avez reçu de votre
père sera remplacé par un autre.

— Dieu ! que votre pâleur me fait mal ! dit

Betsy à demi-voix à Edward, en pressant for-
tement sa main.

— Demain, poursuivit Zambala sans répondre à Betsy, il y aura parmi nous, une femme,
un mari, deux amis dévoués, heureux de
leur bonheur si douloureusement acheté.
Tout est prêt, Georges et moi nous avons
dû vous épargner les ennuis inséparables des
jours qui précèdent celui où deux existences
n'en font qu'une. Vous serez heureuse, Betsy,
nous avons lu dans votre âme, et vous trouverez, j'espère, dans les joies de l'avenir l'oubli de vos tortures passées.... Pas un mot de
vous, sir Edward ; il est des promesses saintes
qu'il faut tenir, il en est d'impies qu'il est de
notre devoir de répudier, et nul de nous n'est
infaillible sur cette terre de déception... Sir Edward, vous serez à l'autel, n'est-ce pas ? J'y
serai aussi ; Georges donnera la main à sa
sœur, et l'un de nous jurera devant le ministre,
à la face du ciel, le bonheur de la jeune vierge

trop longtemps éprouvée... Nul autre confi-
dent que le prêtre ; j'ai choisi la plus ignorée,
la plus silencieuse chapelle des seize cents
qui devraient apprendre la charité aux habitants de Londres ; une parole du cœur reten-
tira sous ses voûtes sacrées, et désormais unis
par un lien de plus, nous pourrons nous li-
guer plus efficacement pour accomplir l'œuvre commencée... Sir Edward, à demain au
point du jour ; Betsy, au point du jour, demain, vous trouverez dans votre chambre les
vêtements blancs et la couronne de fiancée,
doubles symboles de la pureté de votre âme.

— Mes amis, à demain.

— A demain donc, dit Edward d'une voix
sonore, nous saurons tous demain au lever
du soleil de quelle religion est Zambala l'Indien.

— Elle est de celle qui fait les martyrs, s'é-
cria celui-ci en se précipitant vers la porte.

Était-ce un châtiment, était-ce une récom-

pense? Zambala l'Indien, sans en prévenir ses
amis, avait-il changé de culte?... Betsy seule
pouvait opérer ce prodige et la jalousie du farouche Indien disait assez que son amour était
de ceux qui ne comprennent pas les sacrifices...
Que cette nuit fut longue et cruelle pour
Edward!

Quant à Betsy, elle s'était retirée à pas lents,
épouvantée d'un péril auquel elle venait
d'échapper comme par miracle. Arrivée au
pied de son lit, elle s'agenouilla et se réfugia
dans la bonté du Très-Haut qui devait la secourir après tant d'épreuves. Vous l'eussiez
prise alors pour la statue de marbre de la résignation, accablée, anéantie, mais sans regrets au front, sans larmes aux yeux, sans
remords au cœur. Elle pensait à Edward, et
cette pensée était une prière; elle pensait à Zambala qu'elle aimait toujours, et cette pensée
était une terreur... Toutes les angoisses dont
le ciel impitoyable l'avait abreuvée, elle eût

voulu les subir encore pour ne point faire un
pas de plus dans la vie, et cet avenir qui s'ouvrait naguère à ses vœux comme un refuge,
elle l'envisageait depuis un moment comme
une affliction ajoutée à tant d'afflictions.

Que s'était-il donc passé de si redoutable
pour elle? Zambala lui donnait un appui, Zambala, cet homme infatigable dans son dévouement, au cœur si rempli des douleurs de ceux
qu'il aime !...

— Oh ! je suis bien injuste et bien ingrate,
s'écria-t-elle en fondant en larmes; Zambala
me voit souffrir, il ne veut pas que la sœur de
Georges épuise sa vie sans une douceur à l'âme,
il sait tout ce que j'ai souffert de ses dédains,
il me donne son nom, il abjure pour moi son
Dieu, et lorsqu'il n'y a peut-être dans sa résolution qu'un sacrifice de plus, je tremble, je
le crains, je l'outrage par une pensée fatale !..
O mon Dieu ! mon Dieu ! le bonheur est-il donc
si lourd à porter qu'il m'écrase ! l'âme a-t-elle
III.                                              4

besoin de s'habituer à la béatitude pour qu'elle puisse s'en enivrer !...

Le jour va paraître, et je voudrais retenir les ténèbres qui semblent m'abriter. J'aime Zambala, et je n'oserais pas le lui dire ; non, je ne le lui dirai plus, car ce serait outrager Edward, ce serait insulter à sa misère, à son amour...

Le pauvre Edward, dit-elle en se laissant doucement tomber sur le tapis de sa chambre, quel noble cœur ! Quelle passion sainte le dé-vore ! comme il pleure de mes larmes ! comme il sourit de mon sourire... Et pourtant comme il souffrira désormais de mon bonheur, ou plutôt de celui de Zambala !... O mon Dieu, Dieu de miséricorde, que je ne revoie plus Edward. Donne-lui la force de me fuir, puisque tu n'as pas assez de puissance pour lui ar-racher son amour ! ce chaste amour qui tom-bait de son âme sur la mienne comme la manne céleste, comme une parole de pardon après

une menace ! Qu'il est beau ! se dit-elle encore
en se voilant la face de ses deux mains pour
cacher le rouge qui la brûlait, qu'il est généreux, compatissant ! car on me l'a dit, alors
que, seule, errante, abandonnée, je traînais
en tous lieux ma vie de misère, lui Edward,
seul dans la ville, s'est attaché à mes pas, ainsi
que l'ange gardien au berceau de l'enfant que
couve le cœur de sa mère, il m'a protégée
contre les saisons, contre les hommes plus
redoutables qu'elles, il m'a rendue à la vie qui
allait me fuir, à la raison qui m'avait abandonnée !... Oh ! maintenant, mon Dieu ! que le
jour ne se lève point pour Betsy la fiancée de
Zambala l'Indien !...

Elle était à genoux, elle priait encore pour
Georges, pour Zambala, et surtout pour
Edward, quand on frappa doucement à sa
porte.

— C'est moi ; as-tu dormi, ma sœur ?
— Frère, je ne me suis point couchée.

— Je comprends, quand notre ciel a toujours été orageux, nous craignons de fermer les yeux, alors qu'il devient limpide et d'azur.

— Frère, pour qu'une joie soit pure, il faut que nos amis la partagent.

— Crois-tu donc qu'il n'y ait que de la générosité dans l'âme de Zambala ? Penses-tu qu'il ne ressente point pour toi un de ces violents amours qui remplissent toute une vie ?

— Frère, n'avons-nous que cet ami en ce monde ? dit la jeune fille d'un ton de voix suppliant qui voulait une réponse selon les vœux de son âme.

— Tu as raison, Betsy, et ton bonheur me rendait ingrat envers Edward.

— Tais-toi, Georges, ne prononce pas ce nom aujourd'hui, je sais qu'il arrêterait la parole sacramentelle prête à s'échapper de mes lèvres... Et je me plaignais ! et j'accusais le Ciel de ses rigueurs quand à mes côtés, un infortuné, un noble cœur, une âme dévouée, un saint martyr, s'abritait dans toutes mes douleurs pour ne pas m'en laisser une seule !... Toi, Georges, tu ne comprends pas, tu n'as pas pu comprendre Edward dans sa tendresse, dans ses espérances, dans ses déceptions, tu es homme comme lui : mais nous, jeunes filles, nous avons deux âmes pour aimer, nous avons deux cœurs pour la reconnaissance, et un regard de sir Edward sera aujourd'hui l'éclair fatal précurseur de la vie d'orage que le destin m'a faite. — Pauvre Edward ! qui sait ? peut-être n'est-ce pas lui qui est le plus à plaindre !

— Serait-ce toi, ma sœur ? Tu me fais trembler...

— Dis-moi, frère, crois-tu à l'amour de Zambala ?

— Comme au tien.

— Georges, douter est sagesse.

— Betsy, mon parti est arrêté : je cours chez Zambala, ce mariage ne doit pas s'accomplir ; il ne s'accomplira point. Ma tendresse pour toi

créera des obstacles, je vaincrai sa résolution
si longtemps méditée, si bien arrêtée aujour-
d'hui; Zambala m'entendra, et demain peut-
être... Ah! ma sœur! j'étais bien malheureux
la veille du jour où tu me fus rendue... quelques heures changent toute une destinée... si
je vois sir Edward, s'il vient...

— Va, va, tu ne verras point sir Edward, à
moins que tu ne visites un des ponts de Londres, à moins que tu ne fouilles l'une des
allées de Saint-James-Park... Georges, quand
l'âme est brisée par la douleur, quand la vie
est un supplice, on quitte la vie, mais on veut
que la dernière pensée soit une consolation, et
voilà pourquoi sir Edward est en ce moment
à Saint-James-Park, demain il sera aux pieds
de son juge éternel...

— Ma sœur, je cours chez Zambala, dit
Georges en s'élançant vers la porte.

— Frère, j'ai peur; laisse venir l'Indien...
il faut que nos destinées s'accomplissent.

— Tu l'aimes donc ?

— Va le chercher : je l'attends.

Zambala, lui non plus, ne s'était point couché :
accoudé sur une table, la tête dans ses deux
mains, il pensait à cette vie de tempêtes qu'il
s'était imposée par dévouement, et il souffrait
d'autant plus de son martyre que le regret donnait déjà un démenti à son courage. L'Indien se
demandait si dans son dévouement il n'y avait
pas quelque chose de coupable, puisqu'il devenait une torture ; et il cherchait à s'absoudre
du parjure qu'il méditait, en décidant que le
cœur devait toujours l'emporter dans ses lut-
tes avec la raison. Un motif pourtant l'arrêtait
au bord de l'abîme creusé sous ses pas. C'était
le mépris d'Edward ! Edward avait reçu sa
parole, il y comptait, il l'avait regardée
comme un arrêt du ciel, et, grâce à cette foi
sainte, il s'était laissé aller doucement à la
vie ; donc, lui, Zambala, ne pouvait se faire
bourreau après avoir été miséricordieux.

Mais Betsy était si parfaitement belle, Betsy
lui avait dit avec tant de naïveté, de sa douce
parole, de son doux regard, qu'elle l'aimait,
qu'elle n'aimait que lui ; il avait été si souvent
témoin de son désespoir alors qu'elle le croyait
inaccessible à sa candeur et à ses charmes,
qu'en renonçant à Betsy il fermait le ciel à
deux élus.

Vivement préoccupé de cette résolution qui
mettait son bonheur à venir sous la sauvegarde
du bonheur de Betsy, Zambala se dirigea vers
la demeure de Georges et entra dans le salon
où le policeman était avec sa sœur, au moment
où celle-ci, vaincue par la violence de ses sentiments opposés, priait son frère d'aller le chercher. Dès qu'elle l'aperçut, elle tressaillit ; et
ses lèvres pâles murmurèrent une oraison...Ce
fut un arrêt ; mais, comme Georges sortait en
ce moment, Zambala, qui ne voulait pas avoir
à combattre celle qui le dominait, le suivit

et laissa Betsy seule, livrée à ses pressenti-
ments.

Dès qu'ils furent dans la rue, Georges arrêta
l'Indien d'une main décidée et lui dit avec un
accent qui voulait une réponse positive :

— Frère, tu vois mon obéissance à tes
volontés, je t'ai donné jusqu'à présent l'initiative de notre vengeance, parce qu'elle m'a
paru plus certaine méditée par toi. Aujourd'hui
une direction nouvelle est donnée à tes plans,
tu me caches une partie de ta vie ; je ne veux
plus qu'il en soit ainsi, ou ton amitié n'est plus
un bienfait. Parle donc, frère, quels sont tes
projets récents sur Betsy ? Qu'as-tu résolu pour
ce bon et généreux Edward, digne de toute
notre sollicitude ? A quel ministre t'es-tu
adressé hier ? que lui as-tu dit ? Ces questions,
tu peux les résoudre en une seule réponse, et
je l'attends. Qui épouse Betsy ? toi ou Edward ?

— Georges, répondit l'Indien avec calme,
quelque fermeté que nous ayons mise jusqu'à

ce jour dans nos résolutions, le destin a été
plus fort que nous et a maîtrisé les événements. Betsy elle-même, naguère si faible,
si craintive, est devenue impérieuse et forte sans
le savoir, sans le vouloir peut-être. Son passé
ne fait plus sa vie, elle est tout entière dans
son avenir, et cet avenir, Georges, ne dépend
plus désormais de Zambala qu'elle a aimé avec
tant de passion.

— Zambala, ma sœur t'aime encore, dit
Georges, craignant qu'on n'accusât Betsy d'ingratitude.

— Oui, frère, elle m'aime toujours peut-
être; mais le cœur de la femme a de si profonds mystères, que l'œil de l'homme est inha-
bile à les sonder. Betsy n'est point un mensonge, elle est un contraste, et ce qui faisait
encore hier bondir son âme d'amour et d'i-
vresse, la remplira demain de jalousie et de
terreur. Hier une ride à mon front eût fait
tomber une larme de ses yeux; aujourd'hui

cette ride poserait le sourire sur ses lèvres.
Betsy m'aime encore, je le crois ; mais je ne
suis pas exclusif dans sa tendresse, et il
manquerait quelque chose à son bonheur si
je l'enrichissais de mon nom.

— Penses-tu qu'elle soit heureuse avec
Edward ?

— Demande-le à Betsy, et sa réponse sera
le doute.

— Et toi, Zambala, l'aimes-tu toujours ?

— T'ai-je dit jamais que je l'eusse aimée ?

— Crois-tu donc le cœur d'un ami sans
intelligence ? répliqua Georges avec un accent
de pieuse tendresse qui toucha profondément
l'Indien.

— Frère, répondit celui-ci d'une voix émue,
la lutte m'a été funeste ; j'aime ta sœur de
toute la passion qui peut faire bouillonner un
cœur comme le mien, et cette passion, crois-
le, Georges, rien ne pourra m'en guérir désormais ; j'aime ta sœur comme tu as aimé ta

femme, comme tu l'aimes encore, avec abandon, avec frénésie ; et cependant Betsy sera demain la femme d'Edward. Frère, j'aimais Betsy longtemps avant d'avoir osé me l'avouer à moi-même, et telle a été ma morale sauvage que je garde encore dans mon cœur ce secret fatal. Oui, Georges, je n'ai pas dit à ta sœur la passion qu'elle m'a inspirée ; mais elle l'a comprise ; et selon les usages des femmes de ton pays, elle a cherché à l'accroître au lieu de l'affaiblir, comme si toute violence n'était pas une douleur. Un homme a été noble et digne, quoique injuste parfois, dans ce débat de deux cœurs rivaux : c'est Edward. Je lui devais une récompense, il l'aura. Quant à Betsy, je veux la punir jusqu'à l'heureux dénouement qu'elle désire. Mais toi, frère, pourquoi t'es-tu trompé sur la sainteté de ma conduite ? C'est là un tort dont mon amitié t'absout et dont ta conscience t'accuse.

Tu savais ma parole donnée à Edward, il fal-

lait y croire; car, dans ma religion, le parjure est puni par le remords, juge inexorable
de tous les hommes. Il y avait un sacrifice à
accomplir, donc tu devais penser qu'il m'était
imposé, qu'il n'ébranlerait point ma con-
stance... L'heure de la souffrance est venue
pour moi; tout autre que toi aura le droit de
penser que c'est une heure de béatitude...
Écoute, Georges: ton bonheur avant tout,
mais ton âme est si belle, que tu ne peux
être heureux que du bonheur des autres, il
faut donc que la vie de ta sœur s'ouvre désormais aux émotions qui sont un bienfait de
l'Éternel. Ce matin, tout à l'heure, elle et
moi, Edward et toi, nous serons en présence
de ceux qui chez vous et ici-bas lient les destinées... Betsy ne reculera pas, je le pense,
devant le supplice qui se prépare pour
Edward; mais il est des émotions, tu le sais,
Georges, qui ont le pouvoir de tuer une pensée intime, profonde; la nuit souvent efface

jusqu'au souvenir des douleurs de la veille,
et ta chaste sœur auprès d'Edward me bénira
bientôt de mon sacrifice et de mes tortures.
Que celles que je me suis faites ne t'épou-
vantent pas, frère; j'ai subi les plus rudes
que l'enfer puisse envoyer aux hommes, je
les ai vaincues dans mon dévouement pour
toi, je ne me reposerai qu'au bout de ma
tâche.

— Mais je te serai donc fatal jusqu'à ta dernière heure? s'écria Georges avec désespoir.

— Tais-toi, frère, tais-toi : je me suis fait
une vie d'abnégation, j'y serai fidèle, et ce que
mon âme comprend le moins, c'est le parjure.

—Edward et Betsy savent-ils ta résolution?
demanda Georges avec timidité.

— Ils l'ignorent, et c'est là toute ma vengeance. Je n'ai rien caché au ministre qui doit
les unir, j'ai vaincu ses scrupules, ses irréso-
lutions, non pas sa conscience; mais puisque le

mariage de Betsy est une amertume pour Zambala, il faut bien que Zambala retarde son martyre à lui, et qu'il n'accepte le sacrifice qu'alors seulement qu'il est accompli.

— Quelle âme que la tienne! dit Georges avec un profond soupir.

— Est-ce un bienfait? répliqua l'Indien dont les yeux se voilaient de larmes; je ne le crois pas, Georges. Dans tous les cas, il y a des générosités qui tuent.

Frères, séparons-nous, tu viens d'entendre mes dernières volontés; quelque chose qui arrive, elles sont irrévocables, à moins pourtant... A demain, frère, poursuivit l'Indien qui n'avait pas voulu achever sa pensée, de peur que les paroles ne vinssent lui donner une nouvelle force.

— A demain, Zambala.

— Le moment est venu, suis-moi, rejoignons ta sœur, rejoignons Edward qui est déjà sans doute auprès d'elle.

—Mon Dieu! mon Dieu! s'écria Georges, que
je maudis le jour où je vous arrachai à la
mort, toi et le frère de ta fiancée, dans les
plaines de l'Indoustan !...

— Tais-toi, impie; il ne faut rien maudire
aujourd'hui.

— Mais la tombe, c'est le repos, dit Georges avec une tristesse amère.

— Montre-moi du doigt le cadavre qui te
l'a dit.

# CHAPITRE III.

## MARIAGE.

Je sens de veine en veine une subtile flamme
Courir dans tout mon corps sitôt que je te vois,
Et dans les doux transports où s'égare mon âme,
Je ne puis retrouver de langue ni de voix.

## MARIAGE.

Les deux amis, vaincus par une lutte dans laquelle ils avaient épuisé toute l'énergie de leur tendresse, poursuivirent rapidement leur route sans ajouter un mot à leurs premières confidences, sans rien affaiblir de leurs dernières résolutions.

Cependant arrivés au détour d'une rue solitaire, Georges, qui sentait un cœur battre près
du sien, se jeta dans les bras de l'Indien et
chercha par les prières et par les larmes à le
ramener à des sentiments moins généreux. Il
lui peignit le désespoir et la honte de sa sœur
au refus cruel dont il allait la frapper, il lui
dit qu'après un pareil outrage Edward lui-même
aurait assez de force pour vaincre un amour
jusque-là dédaigné... Inutiles efforts, Zambala
demeura inébranlable et entraîna Georges.

— Betsy nous attend sans doute, lui dit-il,
hâtons-nous ; il est des sacrifices qu'il faut accomplir sans retard dès qu'une fois ils sont ac-
ceptés. Edward sera là aussi ; garde ton éloquence pour ce malheureux jeune homme si
digne de notre amitié, en attendant qu'il nous
écrase du poids de sa reconnaissance.

— O mon ami, dit Georges, tu trouves dans
ton âme des délicatesses incomprises chez
nous, et tu devrais nous laisser le secret de

ces précieux trésors, toi déjà si riche de tant de noblesse et de grandeur.

— Georges, il y a souvent de la lâcheté dans une action téméraire, et celui-là n'est pas toujours brave qui, après avoir mis le pied sur un navire, affronte avec lui les tempêtes océaniques. Il est là, toute fuite est impossible; l'ouragan gronde et passe sur sa tête comme sur celle du plus intrépide matelot, et nul ne sait au retour lequel des deux s'est montré le moins inaccessible aux menaces des éléments... A mon départ de l'Inde, je me suis tracé ma route; il faut vouloir les choses avec toutes leurs conséquences.

— Pressons nos pas, Georges, je veux un châtiment qui punisse des ingrats, mais je le veux de courte durée; et puis encore sir Edward est déjà sans doute auprès de Betsy, seul, la couvant de son regard enivré. C'est trop de bonheur en un jour, alors surtout qu'un ami est dévoré par la jalousie...

Betsy était seule, Zambala respira plus à l'aise, et, sans hésiter, il résolut d'accomplir le sacrifice contre lequel il redoutait que le plus petit événement ne le mît en révolte.

Craintive, obéissante, avec un battement de plus au cœur à chaque ornement ajouté à sa parure, Betsy attendait, plongée dans les plus douces et les plus poignantes réflexions. Le premier regard de Zambala fut pour lui une torture, car il comprit qu'il se fermait à jamais les portes du ciel...

Un ange était là, un de ces anges consolateurs de toutes les infortunes, avec une douce parole dans chaque regard, avec un céleste rayon dans chaque pensée reflétée sur un front large et pur. Sa robe était blanche, blancs aussi son bouquet et sa couronne d'oranger, ainsi que le collier de perles choisi par Zambala et qu'on eût voulu arracher du cou diaphane dont il rompait la suave harmonie; ses mains étaient jointes, sa bouche à demi ouverte,

comme si elle craignait que le ciel ne voulût
point exaucer sa prière ; et tel était le saint
caractère de pudeur répandu sur toute sa personne, que le regard glissait rapide sur ses douces épaules échappées à la gaze, à la soie et
aux dentelles dont on avait appauvri sa taille
élégante et flexible.

— Seule ! dit Betsy d'une voix faible comme
un reproche qu'on voudrait retenir.

— Nous espérions ne pas vous trouver seule,
belle Miss, répondit Zambala, qui commen-
çait en ce jour son rôle de dévouement.

— Sir Edward n'est point encore venu,
poursuivit la jeune fille, touchée de la réponse
généreuse de l'Indien et du titre de miss, qu'il
lui donnait fort rarement. Cela m'étonne,
cela m'afflige, car lui, presque toujours le
premier auprès de moi dès qu'un malheur me
menace, il devrait aussi ne pas se trouver en
retard quand une joie m'est préparée.

Zambala remercia du regard, s'approcha

de Betsy et lui baisa respectueusement la main. La jeune fille tressaillit comme si elle venait de commettre une méchante action, comme si elle avait fait un larcin à Edward.

—Pensez-vous, Miss, dit Zambala, que la présence de notre ami Edward soit indispensable? La cérémonie à laquelle nous l'avions convié peut à la rigueur se passer de sa présence, l'heure a déjà sonné, le ministre nous attend, il ne faut jamais fermer la porte au bonheur qui veut la franchir.

— Mais Edward, c'est le bonheur aussi, répliqua doucement Betsy, et il y aurait ingratitude et cruauté à ne point le mettre de moitié dans...

—N'achevez pas, miss Betsy, dit Zambala; ce jour est le plus solennel de notre vie, nous ne devons prononcer aucune parole qui ne soit un écho fidèle du cœur... Qui sait d'ailleurs? notre ami Edward nous attend peut-être à l'autel.

— Oui, sans doute, il nous attend, dit Betsy en prenant avec vivacité le bras de son frère. Sortons, Messieurs, il en est de certaines ivresses comme de certaines douleurs : il faut qu'elles s'achèvent vite, ou elles nous tuent.

On était arrivé à la chapelle, le trajet avait eu lieu dans le silence plus que dans le recueillement ; le tic nerveux de Zambala contractait sa face, et les soubresauts de sa large poitrine disaient ses violentes émotions. Georges poussait de profonds soupirs dans l'attente d'un dénoûment qu'il n'osait point prévoir, et la pauvre Betsy, pâle et froide comme une statue de marbre, ressemblait plutôt à un cadavre qu'on allait coucher dans son cercueil qu'à une jeune fiancée qui attendait la couche nuptiale.

La chapelle aussi avait un aspect lugubre, une funèbre cérémonie venait de l'assombrir ; les noires tentures étaient à peine enlevées, et là-bas, la figure abritée dans ses deux mains, un malheureux pleurait à genoux sur la dalle glacée.

· Un homme s'élance.

—C'est moi, dit-il avec une terrifiante tranquillité, c'est moi Edward Sawton que vous avez tous tant aimé, que vous aimez peut-être encore et qui ne veut pas que vous soyez heureux sans lui. Pardon, Zambala, de l'inquiétude que je vous ai donnée, pardon, Georges, des alarmes que vous avez éprouvées sans doute; et vous, Mistriss... La parole d'Edward expira sur ses lèvres glacées, une pâleur livide s'empara de tous ses traits contractés, et lorsque, guidée par la main de Zambala, sa main prit celle de miss Betsy qui lui fut présentée, la jeune fiancée tressaillit comme au contact d'un cadavre.

Il y avait là quatre douleurs, peut-être cinq, car des sanglots à demi étouffés partaient du fond de la chapelle... il n'y avait pas un sou-

rire, pas une parole d'espérance, pas une
douce émotion à l'âme, et un mariage allait
se consommer. Georges, le moins à plaindre
parce qu'il était le plus résigné, jeta un rapide
regard sur Zambala, et dans l'attente d'une ca-
tastrophe, il allait entraîner sa sœur pour re-
tarder la cérémonie...

Le ministre paraît ; il échange rapidement
avec Zambala un coup d'œil d'intelligence,
prononce quelques paroles à voix basse, et
s'approche de Betsy, qui donnait toujours une
main à Zambala et l'autre à Edward... Un registre lui est présenté, les genoux de Betsy
faiblissent, on la soutient, ses yeux se voi-
lent, on l'encourage ; ses doigts insensibles
prennent la plume et la promènent sur la page
blanche... Elle tombe, Edward pousse un cri
et tombe à côté de sa fiancée... Un homme se
précipite, c'est celui qui pleurait non loin de
là, c'est le docteur Wollis. Il prodigue ses soins
aux deux infortunés sans mouvement, lui dont

les forces semblent anéanties. Bientôt le cœur
de Betsy bat avec moins de violence, Georges
l'enlève dans ses bras et la dépose dans la voiture; on dégage la poitrine d'Edward, un papier tombe, Zambala s'en empare et lit :

« Zambala, ami dévoué jusqu'au martyre,
« je vous rends le serment que vous m'avez
« fait. Dieu est plus fort que l'homme; il jette
« en notre âme des passions, comme il a jeté
« dans les airs les ouragans et la foudre... Vi-
« vez heureux; vous avez assez combattu,
« assez souffert... à moi, infortuné, le repos
« de la tombe. Tout a été prévu par mon dé-
« sespoir; ma fortune est acquise à ma fian-
« cée...

« Adieu à Georges, adieu à Zambala, adieu
« à sa femme... »

—A lui Betsy! s'écrie l'Indien!... Monsieur
Wollis, répondez-vous de sa vie?

— Je vous en réponds.

— Et moi je vous réponds de son bonheur.

Grâce aux soins du docteur, Edward avait repris ses sens; il rouvrit péniblement les yeux et dès qu'il vit M. Wollis à ses côtés :

— Cela devait être, lui dit-il d'une voix faible et douloureuse, votre infortune et la mienne ne pouvaient manquer de se trouver réunies au moment où tout espoir leur serait refusé. Vous vivrez, docteur, car vous avez du courage et vous êtes utile en ce monde; mais moi...

— Que faites-vous, jeune homme ? s'écria M. Wollis, qui vit Edward cherchant le papier fatal, qu'il avait caché dans son sein...

— Je suis trahi, dit froidement Edward, trompé dans ses espérances de suicide; mais il est des hommes qui n'ont pas besoin que la mort vienne après eux pour que leur cœur cesse de battre, et demain...

—Demain, dit Georges, vous nous remercierez de vous avoir conservé à notre tendresse.

— Que dites-vous?

— Que le frère doit aimer la sœur, et que Betsy est votre femme.

— Ciel!... et Zambala?

— Il a tenu son serment, répondit Georges.

—Comme il doit souffrir! s'écria Edward.

Quelques instants après, la signature d'Edward se lisait à côté de celle de Betsy sur le registre sacramentel. M. Wollis signa aussi comme témoin, et son adieu à Zambala fut un signe précurseur de sa mort prochaine.

On rentra dans la maison de Georges. Betsy, toujours insensible à ce qui se passait autour d'elle, monta les degrés comme on descend ceux d'un sépulcre.

On la conduisit dans sa chambre, où deux jeunes femmes la dépouillèrent de sa robe nuptiale.

Brisé, anéanti par le contraste même de tout ce qui venait de se passer, ramené au sentiment de son bonheur par la violence des

émotions qui l'agitaient, Edward s'aperçut qu'il
était seul dans le salon, alors seulement que les
deux femmes qui venaient de donner leurs
soins à Betsy sortirent de sa chambre. Deux
bougies jetaient autour d'elles une clarté mystérieuse, invitant l'âme au recueillement ; le
vent soupirait à travers la tenture blanche des
croisées, qui semblait un voile de fiancée étendu
sur de chastes amours... Edward sentait la
vie se glisser puissante par tous ses pores, il
craignait qu'une trop vive secousse, en lui rap-
pelant ses amertumes passées, ne lui arra-
chât cette raison du cœur dont il avait tant besoin pour ne pas succomber à son ivresse ; et,
dans son extase, il ne s'apercevait pas que les
heures glissaient avec d'autant plus de rapidité
que le bonheur voyageait avec elles.

Il croit entendre un soupir, il s'élance, il
écoute, il est sur le seuil de la porte, faible barrière qui le sépare de Betsy, de cette Betsy
céleste dont chaque parole est une harmonie,

dont chaque regard est un rayon divin...
Edward tombe à genoux et prie.

« O mon Dieu ! dit-il du plus profond de son
« âme, Dieu de clémence et de bonté, je te
« bénis et je te remercie, non pour tout le bon-
« heur que tu me donnes dans l'avenir, mais
« pour toutes les tortures dont tu as abreuvé
« mon passé. Si je n'avais point souffert, tu
« ne te montrerais pas aujourd'hui si misé-
« ricordieux ; si je ne m'étais point soumis
« à tes volontés sacrées, tu n'aurais point
« changé le cœur de Betsy, tu n'aurais pas
« fait de deux vies une seule vie, de nos pen-
« sées une seule pensée, de notre éternité
« une seule éternité... O mon Dieu ! permets
« dans mon âme une seconde religion, ne me
« punis pas d'un culte rival du tien, puisque
« c'est toi, ô Dieu puissant, qui l'as fait naî-
« tre. »

Les deux bougies s'éteignirent, partout les
ténèbres et le silence.... Edward entra dans

la chambre de Betsy, toujours ignorante des
événements qui avaient suivi sa léthargie.

Le jour pointait à peine et cherchait, im-
portun visiteur, à se glisser dans la chambre
de Betsy, — je me trompe, — dans le temple
d'Edward; à travers les rideaux de velours
qu'il colorait d'un reflet incertain, un long
soupir s'échappe du sein de la jeune femme;
Edward tressaille, se lève, s'agenouille et attend le réveil de celle qui l'a rendu à la vie et
au bonheur. Les yeux de Betsy s'ouvrent lentement comme s'ils craignaient de voir s'effa-
cer la réalité d'une nuit dont les ténèbres
mêmes avaient fait tout le charme...

— Ciel! vous, Edward!

— Votre époux.

— Et Zambala?

— Votre ami.

Deux cœurs sont en présence, un seul souvenir les agite... celui de Betsy bat à briser sa

poitrine, celui d'Edward bondit d'amour et de
terreur. Quel sera le réveil? un seul mot va
décider de sa destinée, il attend, il écoute
avec son âme tandis que Betsy, dont la tête
pudique s'est voilée sous les flots de ses cheveux en désordre, cherche à ne pas laisser arriver jusqu'à son ardent adorateur l'écho de
sa respiration rapide et saccadée. Lui, lui seul
pourtant trône dans sa pensée ; Edward, c'est
la vie et ses parfums, c'est le ciel et son éternelle béatitude. Il avait tant souffert, ce pauvre Edward ! Dieu s'acquittait donc enfin envers lui ; elle avait tant pleuré, la pauvre
Betsy ! Dieu venait aussi de tarir ses larmes.
Ah ! Dieu est juste, et il couronne les martyrs.

Une main blanche et moite s'échappa doucement de l'abri qui la couvrait et se tendit
vers Edward, qui la saisit avec transport et
l'inonda de baisers.

— Oui, dit une voix séraphique, douce
comme un chant pieux de l'orgue ravivant les

voûtes d'un monastère longtemps silencieux,
oui, Edward, toujours ainsi, toujours ma
main dans les tiennes, toujours un seul battement pour deux cœurs, toujours un seul bonheur pour deux âmes ! nous avons tant pleuré,
séparés l'un de l'autre; il n'y aura plus désormais qu'un seul sourire sur nos lèvres, et si en
ce moment tu ne tenais ma main captive,
je te dirais du regard ce que ma bouche et mon
cœur te disent à la fois.

Edward dégagea la blanche tête de Betsy
de la brune chevelure qui la voilait, et tout
son passé s'effaça dans ce moment d'ivresse.

Laissons-les tout entiers à cet amour pur et
saint que le ciel jette dans l'âme pour la sauver
du désespoir, et cherchons dans une autre partie du tableau que nous avons mission de dérouler, des personnages oubliés jusqu'à ce jour,
mais dont la vie pourtant nous est si chère.

Les événements ont marché avec les hommes

qui les ont fait mouvoir, avec les passions qui les ont réchauffés.

Trouverons–nous plus de calme, plus de bonheur dans le cours de cette véridique histoire?

Comptez les jours où le soleil se lève chaud et radieux, comptez ceux où il monte à l'horizon froid et pâle.... C'est la vie de l'homme. Hélas! hélas! la cloche qui dans les airs dit une naissance et veut que l'on chante, a le même son que celle qui dit une mort et veut que l'on pleure.

# CHAPITRE IV.

## LE RAPT.

## LE RAPT.

Les habitants du quartier de Bethpal-Green
avaient remarqué depuis quelques mois deux
femmes qui étaient venues s'établir dans une
des plus modestes chambres de White-Street. La
plus jeune de ces deux femmes pouvait avoir

vingt-deux ans à peine ; sa mise, d'une irrépro-
chable propreté, laissait pourtant voir que la
misère avait assombri déjà cette jeune existence; cependant, il y avait tant de candeur et
de résignation dans l'expression de ses beaux
yeux bleus frangés de cils noirs, qu'en la voyant
on se sentait involontairement entraîné vers
elle ; il est des supériorités qu'on accepte avec
joie, il est des esclavages qu'on subit avec bonheur. L'autre, qui paraissait être sa mère, si
l'on en juge par le respect et l'amour dont la
plus jeune l'entourait, accusait un âge assez
avancé. Toutefois, en l'observant avec une
attention pieuse, on eût deviné que le malheur
plus que les années avait ridé son front et
courbé sa tête.

A cette même époque, un jeune homme
d'une beauté remarquable, d'une élégance de
bon goût, mais d'une physionomie hautaine et
froide, avait loué aussi dans White-Street, en
face de l'appartement de nos deux inconnues,

une petite maison simple et coquette où il venait
passer au moins une heure par jour dans l'é-
tude et la méditation. Nous ne savons comment il se fit que mistriss Héléna et sa fille Nelly
se trouvèrent un soir forcées de passer une
partie de la nuit chez mistriss Kennedy, qui
voulut les retenir dans un but de bienveillance.
Elle recevait beaucoup de monde, elle avait pris
en affection Héléna et sa fille vivant du travail de leurs mains, et elle cherchait dans sa
bonté à leur donner des protecteurs. Elles en
trouvèrent en effet ; mais ce soir-là aussi entra chez mistriss Kennedy un jeune homme,
celui-là même dont nous venons de parler,
que de galants triomphes avaient mis en vogue
dans le quartier.

Les dames excellent dans l'art de peindre
la physionomie des hommes ; rien n'est plus
riche que leur palette dès qu'il s'agit pour elles
d'un portrait sur lequel leur âme veut jeter

l'admiration ou le mépris ; et voici le résumé
de leur délibération féminine.

Les cheveux de Richard étaient onduleux,
soyeux et noirs.... peut-être un peu trop noirs ;
ses yeux avaient de l'éclat.... peut-être un
peu trop... sa bouche, admirablement mode-
lée, parlait même par son silence ; et quand
elle s'ouvrait, on entendait le mot *spirituel*
ou *sarcastique;* son front était développé, peut-
être un peu trop ; et sa taille élégante et bien
prise était peut-être un peu trop grande. Richard était de ces êtres qu'on ne peut pas voir
avec indifférence, qu'on ne peut pas écouter
avec calme ; il fallait le haïr ou l'aimer, il fallait le chercher ou le fuir.

Le hasard n'est pas toujours le hasard, le
destin se glisse souvent au milieu de nous pour
combattre nos volontés ou se rire de nos pré-
visions ; aussi ne dirons-nous pas que les fré-
quentes rencontres de Richard et de Nelly furent toutes sans calcul de la part de la fatalité,

cet autre Dieu du monde dont on a tort de nier
la puissance. Nelly sortait-elle pour rapporter
une broderie ou obéir à une volonté de sa
mère : Richard était là, respectueux dans ses
regards et dans le salut qu'il adressait à la
jeune fille. Celle-ci disait alors à sa mère
craintive les politesses de sir Richard, et la
mère tombait à genoux et priait.

— Pourquoi me parles-tu si souvent de ce
gentilhomme, ma fille ?

— Parce que je trouve dans le respect
qu'il me témoigne quelque chose de mysté-
rieux, d'indéfinissable qui me fait trembler. Si
son regard tombe sur le mien, j'ai peur ; si
ses pas résonnent derrière les miens, je les
devine, j'ai peur, et il me semble que j'ai plus
peur encore de ses respects que je n'en aurais
de ses outrages.

— Ma fille, tu ne sortiras plus seule désormais; ma tendresse sera ta sauvegarde, l'outrage
n'arrivera pas jusqu'à toi; le cœur d'une mère

n'est-il pas un saint bouclier sur lequel toute
insulte vient se briser impuissante ?

Cependant la vie de Nelly et de sa mère devenait lourde à porter ; elles s'étaient volon-
tairement éloignées de chez mistriss Kennedy,
elles ne voyaient plus personne, et tout entières
à la religion, dans laquelle seule elles comptaient trouver un appui, elles ne sortirent plus
que pour aller au temple et s'agenouiller aux
pieds de l'Éternel. Un soir que, malgré la pluie,
elles se rendaient à leur pèlerinage, sir Richard, fatigué du rôle passif qu'il avait joué jusque-là, s'approcha de miss Nelly et de sa mère,
et leur offrit un abri sous son parapluie ou
dans une voiture.... Nulle réponse ne lui fut
faite ; seulement, les deux dames précipitèrent
leurs pas vers le trottoir opposé. Richard les y
suivit et continua ses offres en protestant de
son dévouement respectueux. Indignée, la
mère s'arrêta, pâle, tremblante, mais forte
de son amour.

— Que voulez-vous, Monsieur, de deux
pauvres femmes qui ne vous demandent rien,
qui n'attendent rien de vous ? Il est des politesses qui sont des injures, il est des injures qui
sont des impiétés. Je vous prie pour ma fille,
ma fille vous prie pour moi, laissez-nous.

— Pas avant que vous ne m'ayez entendu,
Madame.

— Un mot de plus, et j'ai recours aux ma-
gistrats ; un pas de plus, et je les invoque contre
un lâche.

— Je suis gentilhomme, Madame.

— Cela n'est pas vrai, dit d'une voix menaçante un nouveau personnage qui vint se jeter au milieu de cette scène, cela n'est pas
vrai, Monsieur ; un gentilhomme n'outrage pas
ainsi par une coupable obstination la mère qui
veille sur sa fille, la fille qui tremble pour sa
mère. Je vous le repète donc, Monsieur, si
vous êtes gentilhomme par le nom, vous ne
l'êtes point par le cœur, et je me mets à vos or-

dres pour qu'il vous soit permis de me prouver le contraire

— Êtes-vous le fils, le frère de ces dames?

— Je suis l'ami de toute faiblesse qui appelle
une protection, j'ai entendu les plaintes de
mistriss, j'ai entendu ses prières, vous serez
moins sourd à mes menaces, je vous ordonne
donc de laisser ces deux dames poursuivre leur
route, ou à mon tour je m'attache à vos pas...
Pardon, Mesdames, poursuivit le nouveau
venu en ôtant respectueusement son chapeau,
allez où votre devoir vous appelle, Monsieur
est de trop bonne maison pour vous outrager
encore de ses assiduités.

— Qu'il est généreux! dit la mère en jetant
un regard de tendresse sur lui.

— Qu'il est beau! dit la jeune fille en baissant le sien.

Miss Nelly et sa mère avaient disparu.

Richard adressa quelques paroles d'excuse à
l'étranger, et tous deux prirent un chemin op-

posé, l'un pensant à la fille seule, l'autre re-
cueillant dans son souvenir la fille et la mère
à la fois.

L'étranger était déjà loin. Tout à coup, il
s'arrête, réfléchit et revient brusquement sur
ses pas. Qui aurait-il voulu rencontrer ? Est-ce
sir Richard ? Est-ce miss Nelly ? Je ne sais ; toujours est-il qu'il y avait une vive émotion dans
son âme, et que l'amour comme la colère donne
la fièvre et le délire.

Dans toutes les circonstances imprévues de
sa vie, l'homme fort, l'homme juste remercie
le ciel de lui avoir offert l'occasion d'être utile
au faible ou à l'opprimé.

Aussi en passant devant le portail décrépit
de la chapelle de Sainte-Élisabeth, l'étranger,
que nous appellerons sir Charles jusqu'à ce
qu'il nous ait appris son nom, voulut-il entrer
et rendre grâce à Dieu d'avoir jeté sur son passage les deux femmes qu'il venait de secourir.

La générosité, c'est presque de l'égoïsme,

elle rapporte toujours à celui qui l'exerce, elle
se fortifie par elle-même, et il serait vrai de
dire qu'elle est la science du cœur.

La chapelle était déserte, froide, silencieuse;
une seule lampe, aux rayons vacillants, jetait
de pâles lueurs à travers les ogives, les festons,
les pilastres de l'édifice, et vous invitait au recueillement. Sir Charles allait s'agenouiller,
quand un léger frôlement attira son attention
et lui montra ses deux protégées en prière, un
livre à la main. Tremblant, mais heureux, il
se réfugia dans l'angle d'une chapelle obscure
d'où il pouvait voir sans être aperçu, craignant
surtout qu'on ne pût supposer qu'il venait sol-
liciter des actions de grâce pour sa courtoisie.
Hélas! il oublia la prière, il ne demanda rien
à Dieu, mais il le remercia, bien résolu de suivre encore une fois Nelly et sa mère, dont il voulait au moins savoir la demeure. On recule en
face d'un présage de malheur, mais on se jette
en aveugle au-devant d'une incertitude. Quelles

étaient ces deux femmes? pourquoi l'une si belle? pourquoi l'autre si saintement résignée?

Il ne les quittait point du regard, et ce regard était une religion dont le ciel l'aurait puni sans doute, si tout culte de l'âme n'était à ses yeux une chose pieuse et sacrée.

Cependant un nouveau bruit plus rapproché vint le distraire de son enchantement; il écouta par tous ses sens, et dès les premières paroles qu'il entendit, il crut à un nouveau bienfait de Dieu.

— Tu vois ces femmes qui prient là-bas avec tant de ferveur? dit une voix qu'il crut reconnaître.

— Oui, Mylord; ce sont surtout les femmes qui prient que je sais le mieux apercevoir au milieu des ténèbres.

— Que dis-tu de la plus jeune?

— Qu'elle demande peut-être à Dieu un amant.

— Elle l'aura.

III.                                     7

— Le Créateur est si miséricordieux!

— Et de la plus âgée, qu'en dis-tu?

— Je dis que les larmes qui glissent le long de ses joues semblent demander non point u amant, mais un mari.

— Ce n'est pas moi qui le lui donnerai.

— Vous n'êtes pas assez généreux pour cela, Mylord.

— Eh bien! si je ne suis pas généreux pour elles, je le serai pour toi, drôle.

— Ces mots d'amitié hasardés dans une maison sainte et dont je vous remercie, me prouvent que Votre Grâce veut commencer une séduction par moi.

— Tu as une pénétration diabolique.

— L'habitude de la méditation, Mylord; et puis, que voulez-vous que je pense d'un personnage de votre valeur qui s'amuse à causer avec un vaurien de ma sorte? qu'il est dans l'intention de me corrompre et de m'acheter.

— Cela est-il si difficile?

— Une de ces deux choses est impossible, à moins pourtant que vous ne vouliez me corrompre à la vertu ; quant à l'autre, Mylord, cela dépend absolument du prix que veut y mettre Votre Grâce ; voyez, je tends la main, le succès sera proportionné à la récompense.

— Je crois cette bourse assez pesante pour lever tous tes scrupules.

— Je ne suis pas assez malappris pour donner un démenti à Votre Grâce ; j'accepte donc la bourse, et avec elle la mission dont vous voulez bien m'honorer ; j'écoute.

— Voyons, te sera-t-il facile d'enlever tout à l'heure...

— Qui, Mylord ? la vieille ? j'ai trop reçu.

— Non, la jeune.

— Ah ! alors ce n'est pas assez.

— Toutes deux.

— Il y a compensation. Marché conclu.

— Tu vois, elles achèvent leur prière, je te les abandonne, et je ne te perds plus de vue.

— Un si beau gentilhomme avoir recours à un rapt! En vérité, la noblesse de la Grande-Bretagne dégénère.

— Trêve à tes observations, et à l'œuvre. Mais seul, comment feras-tu?

— Les coquins pas plus que les vertueuses jeunes filles ne sont jamais seuls, Mylord, et sur un de mes gestes, je vais me trouver entouré comme un ministre en un jour de réception.

— Dis-moi, où conduiras-tu tes victimes? Encore faut-il que je le sache dans le cas où je te perdrais, au milieu de ce brouillard qui s'épaissit à chaque instant.

— Mylord, vous êtes un ravisseur bien vulgaire. Pour le gentilhomme qui entend bien son métier, les ténèbres les plus opaques sont diaphanes. Au reste, j'irai à...

L'homme caché, qui écoutait avec tant d'anxiété cette épouvantable conversation, n'entendit pas les derniers mots de la réponse du

bandit; mais il se promit bien de cheminer assez près d'eux pour les châtier de leurs crimes.
Il aurait pu en appelant au secours attirer à lui
quelques policemen, mais comment prouver la
scélératesse des deux interlocuteurs? Et puis
encore il voulait être le défenseur des pauvres
femmes, dont l'une l'avait si profondément tou-
ché, dont l'autre lui rappelait une mère adorée
à la tombe, et il cherchait les périls de la défense
pour en recueillir les bénéfices.

Les deux femmes sortirent de l'église à pas
lents.

C'était encore une nuit de Londres avec ses
brouillards se promenant comme de gigantes-
ques fantômes sur la ville attristée. Mais sir
Charles se sentait guidé par un sentiment si
noble qu'il comptait bien ne point perdre de
vue la mère et la fille, sur lesquelles il veillait
avec un œil de frère et de fils. Peu lui importait pour le moment que les deux coquins lui
échappassent; il voulait sauver d'abord mis-

triss Héléna et Nelly, s'en rapportant à Dieu
pour châtier plus tard.   .

Nelly et sa mère suivaient lentement un côté
du trottoir; les deux vauriens glissaient silencieusement sur l'autre, et il semblait à sir Charles, — car l'inquiétude double les apparences
du danger,— que certains passants leur adressaient la parole, mais sans s'arrêter. Il était
seul, lui, il n'avait point d'armes, sa position devenait difficile, et cependant il refusait
tout auxiliaire, car les âmes généreuses se
sentent grandir au péril.

Une rue étroite venait d'être tournée par Héléna et sa fille, sir Charles veut doubler le pas,
une main vigoureuse l'arrête.

— Mylord, de la prudence, lui dit une
voix mystérieuse.

— Qui êtes-vous? Que voulez-vous? répond
sir Charles d'un ton rapide.

— Vous venir en aide, car vous êtes entouré de coquins.

— N'êtes-vous pas un coquin vous-même,
et n'ai-je rien à craindre de vous ?

— Mylord, toute passion rend injuste, et je
pardonne à Votre Grâce, mais jetez seulement
un regard derrière vous, et vous verrez quatre
nouveaux bandits tout disposés à prêter main-
forte aux deux seuls qui vous occupent.

Sir Charles plonge un œil avide autour de lui,
il ne voit rien, mais au même instant un cri se
fait entendre, un cri de femme qui arrive à
son cœur. Il veut s'élancer, le même inconnu
le retient encore ; efforts inutiles, le crime est
consommé. Oh ! dès ce moment il ne quittera
plus celui dont il avait déjà soupçonné l'infernale ruse, il cheminera dans son ombre,
mais avec prudence, car il a deux femmes à
sauver, et il lui semble que l'une d'elles compte
sur son honneur, l'autre sur son amour.

— Votre généreux avertissement m'a été
inutile, Monsieur, dit-il à l'inconnu, le rapt
a été commis, j'ai entendu la voiture qui en-

traînait les deux infortunées ; n'importe, je vous remercie de votre humanité.

Sir Charles et le coquin se quittèrent. Celui-ci était en effet un des acolytes du bandit soldé par sir Richard, et comme ce dernier avait aperçu sir Charles marchant près d'eux, il lui avait envoyé le vaurien pour le distraire et le retenir au besoin ; mais le noble défenseur planera maintenant sur sa nouvelle proie, et elle sera bien habile si elle lui échappe.

Un policeman a frôlé son habit.

— Policeman, lui dit-il, j'ai besoin de vous, un crime a été commis ; à deux pas de moi chemine un des coupables, j'invoque votre aide.

— Qui êtes-vous ?

— Voici mon nom, mes titres, ma demeure : le commodore sir Williams Rorrer.

— Mylord, je suis à vous, mais si ces coquins sont nombreux, nous aurons besoin d'appui ; je recueillerai chemin faisant quelques-uns de mes confrères.

— Pourront-ils abandonner leurs postes?

— Il est souvent du devoir d'un homme d'honneur de manquer à son devoir.

Deux, trois policemen se joignirent bientôt au premier, et maintenant sir Williams, le protecteur de Nelly, respire plus à l'aise.

L'inconnu, qu'on ne perdait pas de vue au milieu des ténèbres, monte en voiture, une autre voiture va le suivre, le cocher a des ordres précis, il est largement payé d'avance, il sait son métier.

En route, sir Williams raconta aux zélés policemen tous les incidents de l'épouvantable complot dont il avait été le témoin, et les supplia du cœur et des larmes de l'aider à sauver, s'il en était temps encore, les deux pieuses personnes qu'il recommandait à leur vigilance.

Arrivée dans Bur-Street, à une centaine de pas de la Tamise, la première voiture s'arrêta en face d'une petite maison, basse, décrépite,

isolée, où entra un coquin d'un pas furtif.
Deux des policemen qui accompagnaient sir
Richard descendirent rapidement et s'enfoncè-
rent dans une étroite ruelle pour s'assurer si
la maison n'avait point une issue cachée, tandis que les deux autres et le commodore ne
perdaient point de vue l'entrée principale.

— Je voudrais une arme, dit sir Williams,
une arme quelconque, car j'ai hâte de fouiller
dans ce repaire où un épouvantable crime se
commet peut-être en ce moment.

— Mylord, de la prudence, elle seule peut
nous sauver. Vous savez que les lois s'opposent
à ce que nous forcions cette demeure, les cris
seuls *au meurtre* pourraient nous autoriser à
violer le domicile du citoyen; rien n'arrive
jusqu'à nous, attendons. Cependant, vous
désirez une arme, voici un pistolet, faites-en
bon usage.

Ils avaient à peine achevé, que trois hommes
en costume de policemen arrivèrent à pas ra-

pides en face de la demeure menacée ; ils firent
entendre un petit sifflement, et s'arrêtèrent
comme pour se consulter. Attentifs, haletants,
les deux policemen et sir Williams descendent
de la voiture et se blottissent derrière les chevaux... La porte de la maison s'ouvre, un grand
gaillard se montre le premier, c'est le même
qui avait été acheté par sir Richard dans l'é-
glise de Sainte-Élisabeth. Après lui viennent
deux autres coquins entraînant de force une
vieille femme , une jeune fille se soutenant à
peine, et presque étouffées sous un épais mou-
choir qui les empêche de crier. Elles aper-
çoivent les policemen, elles font un violent effort, elles s'échappent des mains qui les
retiennent captives, elles dégagent leur figure,
elles crient, les coquins se sauvent, et les policemen accourus se hâtent de faire entrer les
deux femmes dans la voiture qui les avait
amenées.

— Ruse infernale ! s'écrie sir Williams, ce

sont des coquins déguisés en honnêtes gens,
donnez le signal à vos amis, et fondons sur ces
misérables.

Une crécelle est agitée, les quatre amis se
serrent les uns contre les autres pour barrer le
passage à la voiture qui va partir, tandis que sir
Williams s'élance à la portière.

— Ne bougez pas ! s'écrie-t-il en appuyant
son arme sur la poitrine du premier vaurien
qu'il saisit à la gorge de sa main gauche.

— Ciel ! s'écrie mistriss Héléna, nous sommes perdues !...

— Nous sommes sauvées, dit tout bas Nelly.

Mais sir Williams est frappé par un violent
coup de bâton qui lui ouvre la tête, il touche
la détente, le pistolet rate.

— A moi ! dit-il...

Et les quatre policemen s'élancent sur les
ravisseurs, qui se défendent bravement.

Le sang coule par plus d'une blessure, les

vêtements sont en lambeaux, les épaules meur-
tries, les fronts déchirés.

Au tumulte la foule accourt, les policemen
sont secondés, les bandits mis en fuite, et mistriss Héléna sauvée, ainsi que sa fille, qui pleure
et prie à la fois.

Nul des coquins n'avait été arrêté. Au milieu
des cris, du tumulte et des évolutions de la
foule, au sein des ténèbres, que perçaient à peine
les rougeâtres lueurs arrivant des croisées entr'ouvertes, les faux policemen blessés, cou-
verts de sang, excitaient le peuple à venir à leur
aide, et l'un d'eux surtout, le plus intrépide,
le plus maltraité, hurlait d'implacables vociféra-
rations contre les scélérats qu'il venait de combattre. On l'entourait, on le plaignait, on lui
offrait quelques petits verres de vin qu'il avalait
avec une componction toute chrétienne, et
quand on le chercha plus tard pour l'appeler
en témoignage des faits accomplis, il avait disparu.

Mais peu importait à sir Williams que les coquins fussent arrêtés, il avait sauvé Nelly et sa
mère d'une mort presque certaine ; il était là,
tout près d'elles, les caressant d'une main res-
pectueuse, leur adressant de douces paroles, les
rassurant d'un regard qui n'était plus ni un
regard de fils ni un regard de frère, il n'en
voulait pas davantage.

Mistriss Héléna remerciait ses généreux protecteurs, Nelly croyait ne devoir la vie et le
bonheur qu'à un seul, elle gardait le silence,
et cependant ses yeux mollement levés sur le
visage animé de sir Williams avaient une éloquence qu'auraient affaiblie les plus touchantes
paroles.

— Où irons-nous ? dit enfin sir Williams en
demandant un ordre à mistriss Héléna, dont il
brûlait de connaître la demeure.

— D'abord chez vous, Mylord, car votre sang
coule encore, et un docteur vous est sans doute
nécessaire.

—Il est des bénédictions pour certaines bles-
sures, répondit Williams en regardant Nelly, et
la guérison du coup que j'ai reçu à la tête ne
se fera pas attendre. Allons d'abord chez vous,
Mistriss, vous avez tant besoin de repos! Ces
messieurs qui nous accompagnent ont encore
à recueillir quelques renseignements, et je suis
tout prêt à les suivre devant le magistrat.

Les chevaux partirent et arrivèrent une
demi-heure après dans White-Street, en face
de la maison de mistriss Héléna.

— Me sera-t-il permis de venir demander
des nouvelles de ces dames? dit sir Williams,
qui adressait moins une question qu'une prière.

— Venez nous en apporter des vôtres, répondit miss Nelly en implorant un pardon de
sa mère pour sa naïve réponse.

—A demain donc, Mylord.

—A demain, mistriss Héléna.

—A bientôt, miss Nelly! s'écria une voix

stridente, s'échappant d'un tilbury lancé au galop d'un cheval vigoureux...

Les deux femmes frémirent, les policemen cherchèrent à étudier la forme de l'équipage, sir Williams interrogea Nelly.

— Connaissez-vous cette voix, Miss?

— Et vous, Mylord, connaissez-vous sir Richard?

— Quel autre nom a-t-il?

— Je l'ignore.

— Je le saurai, moi.

— Et nous aussi peut-être, dirent les policemen en prenant congé de sir Williams et de ces dames.

# CHAPITRE V.

---

## ANGOISSES.

## ANGOISSES.

A peine entrées dans leur chambre, mistriss
Héléna et sa fille se jetèrent à genoux pour remercier le ciel du secours inespéré qu'elles en
avaient reçu ; mais dans la prière de miss Nelly
n'y avait-il pas aussi des vœux pour l'avenir?
C'est ce que nous saurons plus tard. Sir Williams était blessé à la tête, son cœur n'avait-il

point reçu également une blessure profonde,
plus difficile à cicatriser ? Hélas ! on prend fort
souvent des espérances pour des réalités, et
lorsque miss Nelly interrogeait les événements
dont elle et toute sa famille étaient le jouet depuis quelques années, comment pouvait-elle
compter sur des jours plus calmes et plus limpides ?

Cependant la secousse avait été trop rude,
les émotions de terreur et de joie trop violentes ; à son réveil Nelly se sentit malade, accablée, et sa tendre mère, à genoux auprès de son
lit, lui dit avec une tristesse à briser l'âme :

— Tu souffres, mon enfant ?

— Oui, ma mère, je suis née pour la douleur;
et la plus cruelle de toutes, c'est de ne pouvoir
te donner le bonheur que tu avais rêvé pour
moi.

— Tu es encore bien jeune, ma Nelly, il ne
faut pas désespérer ; le Tout-Puissant se lasse
de ses rigueurs comme de ses bienfaits, espé-

rons, ma fille, on se console dans cette douce
pensée, et nous avons tant besoin d'oublier.

— Peut-on oublier à son gré? dit Nelly avec
un profond soupir.

— Oui, quand Dieu nous vient en aide.

— Et s'il nous abandonne, ma mère, c'est
donc le désespoir?

— Tu me fais trembler, ma fille; sommes-
nous plus malheureuses qu'hier?

— Je le crois, je le crains.

— Tu me fais peur.

—Ah! tenez, ma mère, s'écria Nelly en fondant en larmes et en cachant sa tête dans ses
mains, il faut que je vous ouvre mon âme, à
vous, mon guide unique dans cette vie d'épreuves; un seul jour, un seul instant a changé ma
destinée. J'étais la plus infortunée des jeunes
filles, j'en suis la plus à plaindre. Ce ne sont
plus nos ennemis que je redoute, ce sont nos
amis, d'eux seuls nous viendront nos plus
grandes calamités...

— Je t'écoute, parle.

— Un homme, un seul est venu à nous depuis notre première infortune; seul il a laissé
tomber sur nos âmes des paroles de consolations et d'amitié; eh bien ! cet homme, il faut
le fuir, ma mère, il ne faut plus le voir, je ne le
veux plus.

— Il nous accusera d'ingratitude, Nelly.

— Je le reverrai donc, ma mère; qu'il
vienne encore une fois; qu'il sache que nos
cœurs n'oublieront jamais ses bienfaits, mais
après cela, ma mère, fuyons-le, que je ne le revoie plus.

— Ainsi donc, dit mistriss Héléna en joi-
gnant les mains comme pour implorer un secours d'en haut, nul bonheur ne peut désormais nous être accordé sur cette terre !... Je
comprends tes frayeurs, ma Nelly; la misère
est contagieuse, tu craindrais pour ce généreux
gentilhomme les rigueurs dont le ciel nous
accable depuis si longtemps, et tu as peur qu'il

n'osât un jour nous reprocher son infortune.

— J'ai peur de tout, ma mère, et surtout du bonheur que j'ai osé concevoir : l'impossible tue.

— Tu as raison, mon enfant, nous partirons, nous nous cacherons à tous les regards, et quand Dieu l'ordonnera...

Trois coups rapides frappés à la porte, interrompirent la conversation.

— C'est lui, dit la fille tremblante.

— C'est le magistrat, dit la, mère qui alla ouvrir.

Nelly se leva ; la mère et la fille donnèrent toutes les explications qui leur furent demandées, et au moment où le magistrat se retirait, on frappa de nouveau à la porte... C'était lui, cette fois.

Il était pâle, abattu. Nelly voulut se lever encore ; elle chancela et retomba sur son siége ; les yeux de sa mère se remplirent de larmes.

— Votre blessure? demanda vivement mistriss Héléna, qui voulut cacher l'émotion de sa fille au coroner.

— Je m'en souviens à peine, répondit sir Williams; mais vous, Mistriss, et vous, miss Nelly, le souvenir du crime vous a-t-il permis quelque repos?

—La reconnaissance nous a aussi arrachées au sommeil, dit miss Nelly, et vous n'avez pas été oublié, Mylord, dans nos prières à Dieu ; jamais il n'en a écouté de plus ferventes ; espérons qu'il les exaucera.

—Qui prie pour les autres est exaucé quand il prie pour lui, et il serait vrai de dire que la charité est de l'égoïsme. Pardon, Monsieur, poursuivit sir Williams en s'adressant au magistrat, mais puisque j'ai eu le bonheur de prêter main-forte aux braves policemen qui ont sauvé mistriss Héléna et sa fille, vous comprenez maintenant combien je dois remercier le ciel d'avoir encore laissé un ange sur cette terre.

— A vous, sir Williams, dit le coroner, nos sincères félicitations sur votre bravoure; les policemen nous ont dit votre énergie et votre sang-froid, la cité ne l'oubliera point. Mais veuillez vous asseoir et répondre aux questions que la loi m'oblige à vous adresser..... Votre nom d'abord?

— Le commodore sir Williams Rorrer.

Nelly frémit et devint pâle comme une statue de marbre.

— Voilà un nom cher à la marine, dit le coroner, ce nom est une gloire nationale. Que savez-vous de l'affaire pour laquelle nous sommes appelés ici?

Sir Williams raconta dans le plus grand détail tout ce qu'il connaissait de l'horrible guet-apens dont mistriss Héléna et sa fille avaient été victimes, et quand il fut contraint de parler du secours qu'il leur avait apporté, il le fit avec une dignité, une modestie dont un regard

de Nelly le récompensa au delà de ses espérances.

— Nous avons fouillé la maison où vous avez
été conduites, Mesdames, dit le coroner, et nous
n'avons trouvé que des documents imparfaits,
mais dont il ne sera peut-être pas impossible
de tirer quelques heureuses révélations. Une
bourse avec de l'or, une lettre dont peut-être
plus tard nous reconnaîtrons l'écriture, et quelques lignes presque illisibles au crayon et en
italien... Pardonnez encore, dit le magistrat
d'une voix plus grave, pardonnez, Miss, mais
notre devoir est sacré et ne nous permet aucune
restriction. Dans la bourse dont je vous ai parlé
s'est trouvé aussi... votre portrait.

Sir Williams fit un mouvement convulsif, le
visage de miss Nelly resta impassible, le commodore respira plus à l'aise.

— Le reconnaissez-vous? demanda le magistrat en présentant le médaillon à la jeune
fille, dont le mouvement de sir Williams avait

chaudement coloré les joues... Souvenez-vous,
Miss, que vous êtes la maîtresse de ne pas répondre.

Miss Nelly saisit le portrait, et son doigt, pressant involontairement un ressort, fit ouvrir le
médaillon.

— C'est lui ! s'écria-t-elle.

— Qui, lui ? dit sir Williams d'une voix menaçante et troublée à la fois.

— Lui, le lâche, le ravisseur, l'infâme, un
homme dont la présence auprès de moi était un
outrage. Il était venu loger là, dans cette maison, mais ce portrait, j'ignore comment il se
l'est procuré.

— Il est des traits qui se gravent si bien dans
l'âme ! dit sir Williams.

— Il en est aussi qu'on voudrait oublier, dit
miss Nelly en baissant la tête.

— C'est qu'alors le souvenir est une amertume.

—Ou plutôt une terreur, répliqua Nelly avec
une vivacité que sa mère ne put prévenir.

Habitué à toutes les études de l'âme, le coroner sourit, miss Nelly s'en aperçut et devint
pourpre, mistriss Héléna pria pour sa fille, sir
Williams bénit la blessure qu'il avait reçue.

Le magistrat, après avoir consigné cette nouvelle déclaration, alla chercher d'autres indi-
ces dans la maison que devait sans doute habi-
ter encore sir Richard.

Celui-ci avait disparu, les incidents de l'attaque faite dans Bur-Street contre les bandits
s'étaient passés si rapidement que les policemen, plus occupés à protéger qu'à punir, n'a-
vaient pas songé à s'emparer des coquins;
aussi la justice se trouva-t-elle arrêtée dans
ses investigations. A la vérité le portrait était
un témoin révélateur; on s'en servirait au besoin, mais il fallait attendre, et la pauvre famille tremblait toujours que ses ennemis ne
se liguassent encore pour la perdre.

Contre qui avait-elle formé des vœux? Qui avait-elle maudit dans sa longue carrière d'infortune? Personne. Elle avait au contraire prié pour les méchants, et cependant jamais le calme n'était venu s'asseoir avec elle au foyer.

Aujourd'hui la fille était malade, la fièvre devenait ardente; la mère, impuissante à la soulager, trouvait le ciel inexorable, et cependant il fallait des remèdes, un médecin... et la misère était là, debout au chevet de la fille, assise à côté de la mère.

La misère et une fille malade! la misère et point d'amis pour vous aider à la subir!

Demander des enfants, c'est demander des larmes, disait mistriss Héléna, dont les prières n'étaient plus si ferventes, et puisque sa fille s'en allait lentement à la tombe, elle acceptait sans regrets pour elle les douleurs qui devaient lui ouvrir plus tôt les portes de l'éternité.

Sir Williams se présenta chez mistriss Héléna, on ne put le recevoir. A chaque coup de

marteau qui retentissait dans la maison, miss
Nelly se sentait convulsivement agitée, et la
pauvre enfant redoutait d'autant plus la présence du commodore, qu'elle ignorait encore
si ce qui faisait battre son cœur avec tant d'i-
vresse et de terreur en même temps, était de
l'amour ou de la reconnaissance. Bien certainement elle n'aimait sir Williams que comme
on chérit l'être généreux qui a exposé ses
jours pour nous ; mais en étudiant les secrets
mouvements de son cœur, ce livre saint qui ne
peut mentir, la pauvre jeune fille soupirait et
tombait dans un accablement que les irrita-
tions de la fièvre avaient peine à combattre ; sa
mère, qui comprenait cette lutte ardente du
cœur avec la raison, plaignait sa pauvre enfant sans essayer de la consoler ; elle lui disait
bien que sir Williams venait souvent demander de leurs nouvelles ; et quoique ces paroles
tombassent indifférentes des lèvres de mistriss
Héléna, elles brûlaient l'âme de Nelly, dont les

forces s'épuisaient avec une effrayante rapidité.
Par un sentiment de dignité mal comprise,
mistriss Héléna n'aurait jamais osé avouer au
commodore son état de détresse, comme si la
pauvreté était un vice ; mais la mort approchait, et la mère au désespoir se décida enfin
à en appeler à la générosité de son sauveur...
Il ne vint plus.

Sir Williams était venu plusieurs fois sans
être accueilli, son âme brisée en souffrait sans
se plaindre ; il écrivit, mistriss Héléna répondit, sans en rien dire à sa fille, une lettre toute
de reconnaissance ; ce n'était pas ce que voulait sir Williams, il comprit qu'il n'était point
aimé, lui dont la tendresse était si vive; et il en
appela sans retard à l'absence pour une guérison qu'il ne croyait possible que par une résolution extrême.

— Est-il venu aujourd'hui? demanda miss
Nelly à sa mère, qui ne lui avait pas parlé du
commodore depuis deux jours.

— Non, mon enfant, et j'en suis bien aise.
Ce qu'il te faut pour ta guérison, c'est le calme,
c'est le repos, et l'âme qui s'épuise dans la reconnaissance n'a plus d'énergie pour d'autres
émotions.

— Peut-être sa blessure est-elle plus dangereuse que nous ne l'avions cru d'abord.

— Dans ce cas il nous l'aurait fait savoir, il
sait combien sa guérison nous intéresse.

— Et cependant il n'est pas venu depuis
trois jours ; quelle en peut être la cause ?

— Il a reculé devant la crainte d'une impor-
tunité.

— Non, ma mère, ce n'est point pour cela
que nous ne l'avons pas vu. Nos ennemis sont
les siens, cette voix menaçante qui nous a
salués tous les trois le jour de notre rencontre
me glace encore de terreur : il est des paroles
qui sont des coups de poignard.

— Sir Williams est si brave !

— Et c'est pour cela que je tremble pour lui,

ma mère ; sir Williams n'est pas venu depuis trois jours, sir Williams est assassiné !...

— Que dis-tu, Nelly ?...

La jeune fille ne répondait plus ; ses yeux étaient ouverts, mais ne voyaient point ; ses dents s'entre-choquaient, une sueur froide couvrait ses membres crispés.

La mort se promenait sur la jeune fille, que les tendres caresses de sa mère ne pouvaient ranimer.

Effrayée, mistriss Héléna ouvre la croisée et demande du secours ; elle sort, elle heurte un passant.

— Pardon, Monsieur, pardon et pitié pour une mère qui va perdre sa fille si on ne vient à son aide. De grâce, Monsieur, la demeure d'un médecin.

— Mistriss, le ciel vous favorise : c'est au docteur Cambridge que vous vous adressez.

— Oh ! alors, Monsieur, suivez-moi, je vous prie.

— Oui, Madame, l'humanité, plus que mon devoir, me dit de vous suivre : mes autres malades attendront; mon amour pour ma mère est une seconde religion de mon âme, et je bénis Dieu de m'avoir jeté au-devant de vous.

# CHAPITRE VI.

## LE DOCTEUR.

## LE DOCTEUR.

—

— Madame, dit Cambridge avant d'entrer dans la chambre de la malade, je désire que vous restiez auprès de moi quand je donnerai mes soins à votre fille.

— Je ne vous quitterai pas, Monsieur.

— J'ai pour principe immuable de ne jamais déguiser la vérité; j'y serai fidèle au-

jourd'hui, dussé-je vous prédire une catas-
trophe.

— Ma douleur ne sera pas de longue durée,
docteur, je suivrai de près ma fille à la tombe;
vous me voyez résignée aux décrets de la Pro-
vidence.

— Entrons, Madame.

Le docteur s'assit gravement auprès du lit
de Nelly toujours sans connaissance; il écouta
sa respiration faible et saccadée, il toucha
d'une main savante le pouls et le front de la
malade, il réfléchit quelques instants et parut
plus rassuré.

— Sortons, dit-il à la mère tremblante, je
vais écrire mon ordonnance; votre fille vivra.

— Que Dieu m'aide dans ma reconnaissance! dit mistriss Héléna en fondant en larmes.

Dès qu'ils furent dans le parloir, sir Cambridge prit la main de la pauvre mère un peu
consolée.

— Vous ne devez, mistriss, lui dit-il, rien
me cacher. Peut-être me suis-je trompé dans
mes conjectures, mais j'ai tant la douloureuse
habitude des misères humaines, que je crois
être dans le vrai en vous apprenant que le
siége du mal de votre fille est là, au cœur. Une
violente commotion a frappé votre enfant,
une terreur, un amour peut-être, un amour
qu'elle aura cherché à combattre... Me trompé-
je, Madame ?

— Je crains que vous n'ayez vu la vérité,
docteur, mais alors, la guérison sera sans
doute impossible.

— Elle ne pourra pas, du moins, venir de
vous, Madame, car votre fille se flattant toujours de votre faiblesse sera vaincue elle-même
par sa passion.

— Dieu seul peut-être...

— Oh ! pardon, Mistriss ; deux religions
au moins gouvernent les âmes, sinon les consciences, sur cette terre d'épreuves et de dé-

ceptions. Dieu, si puissant d'ailleurs, ne l'est guère que sur l'enfance et sur la vieillesse, alors que les passions ne sont pas nées, alors qu'elles sont éteintes; et, il faut le dire, quoique ce soit là une triste vérité, Dieu est plus souvent un refuge qu'une consolation.

— Vous me faites trembler.

— Que mes paroles vous rassurent au contraire, mistriss. Ce qu'il faut à... — Son nom, je vous prie?

— Nelly.

— Ce qu'il faut d'abord à miss Nelly, c'est du calme, ce sont de vagues illusions conservées : quand le présent menace, il faut parler d'un meilleur avenir... Je viendrai, Mistriss, je viendrai souvent, le matin, le soir, mais en attendant mon retour, je vais prescrire quelques remèdes calmants, vous me reverrez bientôt.

Le docteur rentra dans la chambre de miss Nelly, dont il baigna le front et les tempes d'un peu d'eau fraîche, il recommanda son ordonnance et promit une prochaine visite.

Je l'ai dit, la misère était là, une misère aussi mortelle que la maladie... Point de feu, point d'argent, point d'ami. Mistriss Héléna ouvre une armoire, elle en tire un châle, le sien, une robe de soie, la sienne ; elle respecte les vêtements de sa fille, qui doit vivre encore, elle descend, elle entre dans une maison voisine, un mont-de-piété : il y en a partout à Londres, il y en a partout, car chacun peut prêter sur gages, car tous les bénéfices sont pour l'agioteur seul, car les hôpitaux, les églises, les dépôts de mendicité n'ont rien à réclamer de ces hommes dont la plupart n'escomptent pas leur conscience parce qu'ils n'en ont pas.

Mistriss Héléna monte un escalier étroit; elle dépose sa robe, son châle sur un comptoir : on lui en donne le dixième de la valeur; elle y ajoute ses boucles d'oreilles, elle pousse un profond soupir, et offre sa bague nuptiale.

La potion préparée, elle entre chez sa fille
et lui adresse de ces paroles de mère qui ren-
dent à la raison et soumettent une agonie. Miss
Nelly voit et entend ; elle peut parler.

— Est-ce toi, bonne et pieuse mère?

— Moi, toujours moi, mon enfant !

— J'ai dormi longtemps, je crois?

— Oui, longtemps, Nelly ; tu avais tant besoin de repos ! — Tiens, prends cette boisson,
elle est bienfaisante; c'est moi qui te l'ai préparée.

— Mais qui te l'a conseillée?

— Ma tendresse ; le cœur d'une mère est
plein de science pour sa fille ; il guérit, il console.

— Donne, ma mère... mais, dis-moi, est-ce
un rêve? il m'a semblé que quelqu'un était
venu ce matin, ici, près de toi, près de moi ;
est-ce vrai? Qui était-ce?

— Un docteur.

— Tu as bien fait, je suis si malade.

— Une mère s'alarme aisément.

—Voyons, sois plus que bonne, plus que généreuse, sois compatissante, ma mère, parle-
moi de lui; non point pour moi, qui suis jeune
et forte, mais pour toi, qui es faible et accablée.
Il y a tant de noblesse dans ses traits qu'il ne
peut point ne pas y en avoir dans son âme. Et
puis, on ne s'expose point aux plus grands périls pour sauver ceux qu'on ne veut pas revoir...
Dis, ma mère, le reverrons-nous?

— Ne serait-ce pas un malheur?

— Oui, tu as raison, et j'étais folle. Un commodore! sir Williams Rorrer! une gloire nationale! Écoute: sais-tu ce que veut, ce qu'exige
de toi ma tendresse?

— Parle.

— Il faut partir, il faut changer de demeure.
Loin d'ici, cachée à tous les yeux, j'ignorerai
s'il est revenu, s'il nous cherche; il me sera
permis de le croire, et cette foi sera ma guérison.

— Nous partirons, ma fille !

— Mais pas encore aujourd'hui, ma mère, dit la fille, fâchée peut-être qu'on eût trop tôt cédé à ses vœux ; demain, dans deux jours.

—Oui, lorsque tes forces seront un peu rétablies.

— Qui sait, ma mère ? peut-être que le coup qu'il a reçu à la tête est plus dangereux qu'il ne l'avait cru lui-même ?

— Non, mon enfant, le sang avait jailli, c'est un bonheur ; et si le commodore sir Williams ne vient pas, c'est que ses devoirs lui imposent sans doute une absence dont il souffre autant que nous.

—Que tu es consolante, ma mère ! .....

— Sais-tu, poursuivit miss Nelly en se soulevant, que ce qu'il a fait là est noble et généreux!... Ah ! comme il doit aimer sa mère ! Car c'est pour toi seule assurément qu'il a exposé ses jours.

—Je le crois, dit mistriss Héléna d'une voix

à laquelle un regard jeté sur sa fille donnait
un démenti... Mais ne pensons pas à lui ; maintenant, ajouta-t-elle, occupons-nous de ta santé
si chancelante, et tâche de dormir un peu, le
docteur dit que c'est la guérison pour certaines maladies.

— La science des docteurs est bien fragile,
ma mère; n'importe, fais-moi, je te prie, une
lecture pieuse et je vais essayer le repos.

Mistriss Héléna prit un livre saint, le lut
avec une fervente résignation, et bientôt les
yeux de miss Nelly se fermèrent comme le font
ceux des enfants, après une longue veillée,
aux caresses maternelles. Ah ! avec quel amour
mistriss Héléna écoutait la respiration plus
douce de sa fille tant aimée ! Les battements
de ces deux cœurs se confondaient, il y avait là
deux âmes pour la même espérance, ou pour
la même affliction, et si le ciel avait appelé à lui
la fille, c'est qu'il eût appelé aussi la mère.

Le silence réveilla miss Nelly, un coup à la

porte la fit de nouveau tressaillir. C'était déjà le docteur, qui descendait d'un superbe équipage.

— Pardon, Mistriss, dit-il en entrant, mais il est des affections qui n'ont pas besoin de la consécration du temps pour être puissantes. Moi, je vous regarde comme une sœur, je regarde miss Nelly comme une fille ; il me faut la guérison de l'une pour le bonheur de l'autre... Comment va la malade ?

—Mieux, beaucoup mieux, j'espère : c'était une crise.

— Qui pourrait se renouveler, interrompit sir Cambridge ; tâchons de la prévenir. La parole est aussi un médicament, et la pharmacie n'est, à mon avis, qu'un bien faible auxiliaire de la science du docteur. Entrons.

Le pouls de miss Nelly était plus calme en effet, sa respiration moins précipitée ; mais il y avait sur sa figure pâle, sur ses yeux à demi éteints, un caractère étrange de fatalité qui disait au docteur un mal intérieur et profond, à combattre ; et c'est pour cela, sans doute, qu'il implora de la malade une entière confiance.

— N'est-ce pas, lui dit-il, que c'est le cœur qui souffre ?

— Le cœur seul.

— Croyez-vous au pouvoir de l'absence ?

— Elle guérit ou tue.

— Accepteriez-vous l'alternative ?

— Je l'implore, docteur. Ma raison est soumise, mon cœur se révolte encore. Si je n'avais point ma mère, je voudrais mourir ; ma mère vit, je veux vivre.

— Prenez-y garde, mon enfant, c'est en vous seule que vous devez puiser les forces nécessaires ; et, puisque vous m'ouvrez votre âme, toutes les sympathies de la mienne vous sont acquises. L'amour est un sentiment ou une passion. Dans cette dernière hypothèse, le remède est facile.

— Docteur, vous ne me guérirez pas.

Sir Cambridge se leva tristement et demanda une plume. Il écrivit, laissa le papier sur le secrétaire, annonça une prochaine visite et sortit.

La mère alla prendre l'ordonnance, c'était une lettre; à côté de la lettre se trouvait une bourse contenant beaucoup d'or.

—Ma fille, dit-elle, que devons-nous faire?

—Ne plus recevoir cet homme, ne pas lire son écrit, lui renvoyer son or.

—Nelly, c'est décourager de la bienfaisance; ne condamnons pas sans écouter.

—Lis, ma mère.

— « Madame,

« Je crois aux amitiés qui s'imposent; et si « nous sommes forcés quelquefois de subir des « répulsions, nous acceptons aussi des sympa- « thies. Ce n'est pas le hasard qui m'a jeté sur « vos pas il y a deux jours, c'est Dieu; et « Dieu ne veut pas qu'on repousse ses bien- « faits. La guérison de votre fille est l'objet de

« vos vœux les plus fervents ; acceptez donc
« comme un prêt la petite somme qui accom-
« pagne cette lettre d'un ami. Les riches m'ont
« beaucoup donné, il faut que je donne aux
« pauvres, et je sais que le besoin visite votre
« chaste demeure. Je reviendrai ce soir ; un
« refus serait un congé. Je vous implore pour
« miss Nelly ; vous, miss Nelly, je vous im-
« plore pour votre mère.

                    « Le docteur CAMBRIDGE. »


— Eh bien ! ma fille, que ferons-nous ?

— Partir, nous cacher, ma mère.

— Peut-être aurais-je accepté de sir Williams, mais un inconnu !

— Et si c'était sir Williams lui-même? dit rapidement mistriss Héléna.

— Oh! partons, s'écria Nelly en se soulevant avec effort ; partons, et qu'il n'entende
plus parler de nous. Mais ce n'est pas lui, ma

III.                                    10

mère ; j'étais folle de le croire ; il s'est éloigné,
c'est pour toujours !

— Quand il y a de la religion dans l'offrande,
dit mistriss Héléna, il y a souvent de l'impiété
dans le refus... Attendons le docteur ; son langage décidera de notre conduite.

Il était presque nuit. Sir Cambridge arriva ;
sa démarche était timide, sa parole craintive ;
il s'assit auprès de miss Nelly.

—Connaissez-vous sir Williams Rorrer ? lui
demanda la jeune fille, qui voulait une prompte
décision.

— Je le connais par ses actions de courage,
dit sir Cambridge sans s'émouvoir ; sa gloire
est un des plus beaux fleurons de la couronne
d'Angleterre.

— Son éloge est dans toutes les bouches,
dit miss Nelly en retombant sur son chevet.

— Et vous, mistriss Héléna, connaissez-vous
ce noble commodore ?

— Nous l'avons vu, docteur, deux ou trois

fois seulement. Nous savons que c'est une âme élevée, un cœur plein de courage.

—Docteur, dit Nelly, votre bonté pour ma mère m'a vivement touchée, je vous en garderai une éternelle reconnaissance ; mais souffrez qu'un refus motivé sur notre bien-être...

—Vous me trompez, miss Nelly ; et si vous saviez par combien de sacrifices votre mère appelle votre retour à la santé, vous ne refuseriez point ce faible gage de mon amitié pour vous.

— Que m'apprenez-vous, docteur ?

—L'anneau que mistriss Héléna reçut un jour de son époux, cette alliance qui doit nous suivre à la tombe, ne la cherchez plus au doigt de votre mère, elle n'y est plus.

— O ma mère ! ô ma mère ! que je souffre !

— O ma fille !

— Des larmes, je le veux bien, dit le docteur ; mais point de refus, ou je pars.

— Pitié, docteur, pour ma fille mourante.

— Acceptez-vous ?

— J'accepte, dit miss Nelly, j'accepte, et que le ciel vous bénisse pour une si touchante affection.

Le docteur sortit.

— C'est cela, ma fille, dit mistriss Héléna, guéris d'abord, la divine clémence fera le reste. Tu le sais, le malheur est superstitieux ; il me semble que la bague de ton père, dont je me suis appauvrie pour toi, nous empêchera de toucher à cet argent du docteur, que je ne regarde encore que comme un dépôt ; viennent des jours meilleurs, et nous irons la reprendre. Cette relique, mon enfant, on ne la quitte que pour une fille, on ne s'en sépare que pour une mère. Tu le sauras un jour.

— Où trouves-tu donc ces trésors de consolation dont tu m'inondes ?

— Encore moins dans mon amour que dans ma résignation. Mais puisque nous sommes riches, ma Nelly, riches d'une amitié nouvelle.

et de ta santé qui revient, je vais me donner un aide. Il me semble toujours, lorsque je te quitte, qu'une infortune m'attend au retour. Hier, j'ai vu à côté de notre porte une toute jeune fille qui ne demandera pas mieux, j'en suis sûre, que de venir auprès de nous; je vais m'en assurer auprès de sa mère; y consens-tu ?

— Ta bienfaisance est inépuisable, et même dans la misère, tu jettes des consolations autour de toi.

La jeune fille, en effet, ne demandait pas mieux que de gagner quelques schellings pour aider sa famille dans ses travaux de chaque jour; aussi le ménage de mistriss Héléna fut-il complet dès le soir même.

Le lendemain et les jours suivants, le docteur fut exact, la santé de miss Nelly se rétablissait petit à petit, et la mère pouvait déjà remercier Dieu d'une guérison prochaine.

Cependant, sir Cambridge, toujours em-

pressé auprès de sa convalescente, semblait
parfois absorbé dans des pensées qui donnaient
à sa physionomie un caractère de douloureuse
préoccupation. Miss Nelly osa lui en demander
la cause.

— Votre confiance, répondit le docteur, ne
trouvera jamais la mienne en défaut. Je vous
dirai tout, Miss ; mais à condition que vous
tairez encore à votre mère le secret que je vais
vous confier.

— Sortez, docteur, je ne veux plus rien entendre.

— Je vais donc apprendre à celui qui souffre pour vous que vous êtes sans pitié pour lui.

— Restez, mais attendez ma mère.

— Je reste, mais je me tairai.

— De qui voulez-vous me parler ?

— Du cœur le plus dévoué que le ciel ait
jeté sur cette terre d'égoïsme.

— C'est de lui que vient l'argent que vous
nous avez apporté, n'est-ce pas, docteur ?

— C'est de lui.

— Qu'il le reprenne, qu'il le reprenne ! reportez-le-lui, docteur, il me brûlerait les mains.

— Vous le haïssez donc bien, miss Nelly ?

— J'entends ma mère, Dieu soit loué !

— Vous allez lui parler de ma confidence ?

— Oui.

— Attendez à demain, ou vous m'avez vu pour la dernière fois.

— J'attendrai.

Mistriss Héléna trouva sa fille rouge, tremblante, agitée, elle eut peur. Le docteur la rassura et lui promit pour le lendemain une visite plus matinale.

C'était à miss Nelly que s'adressaient ces dernières paroles ; la pauvre enfant ne les comprit que de reste.

D'intimes confidences furent faites encore avant le départ du docteur, mais dès qu'il eut pris congé de son intéressante malade, celle-ci appela sa mère auprès de son lit, et la regardant avec des yeux mouillés de larmes :

— Toujours des sacrifices pour ta fille ! dit-elle ; quand Dieu t'en accordera-t-il la récompense ? Notre petite fortune, les économies de tant d'années de travail et de probité, tout a disparu dans les besoins du moment. Tu m'as dit que le ciel se lassait parfois de ses rigueurs ; eh bien, ma mère, qu'il me rende à la santé, qu'il me donne des forces, et je les emploierai si bien que nous n'aurons pas besoin des bienfaits du docteur.

Nelly était encore seule quand sir Cambridge entra le lendemain.

— Je n'ai pas manqué au saint devoir de ma profession, lui dit-il d'un ton grave ; j'ai voulu vous rendre à la santé, à votre mère, et j'aurais repoussé les confidences de cet homme au désespoir si je n'avais pensé, en vous parlant de lui, que j'apporterais un remède efficace à vos douleurs communes. Dois-je continuer?

— Non, les ténèbres et le recueillement m'ont conseillé de ne plus vous entendre que devant ma mère.

— Alors, il vous parlera lui-même, dit le docteur en se levant.

— Il viendra !

— Il vous a écrit, et voilà une lettre qui décidera de votre destinée et de la sienne.

Le docteur jeta le papier sur le lit et disparut ; mistriss Héléna entra peu d'instants après ; elle trouva sa fille aussi agitée que la veille, et lui en demanda vivement la cause.

— Tenez, ma mère, lui dit Nelly d'une voix frissonnante, ouvrez cette lettre, lisez-la.

— De qui est-elle ?

— Je ne sais.

— Qui te l'a donnée?

— Le docteur.

— Ce docteur est un infâme, et la fatalité nous poursuivra jusque dans la tombe.

Mistriss Héléna prit la lettre et lut :

« Nelly, ma vie s'en va dans le désespoir ;
« je vous aime avec toute la passion du cœur
« le plus dévoué. Ce que je veux, c'est votre
« bonheur, celui de votre mère, tous les deux
« me sont aussi nécessaires que l'air que je
« respire. Nelly de mon âme, un mot, un seul
« mot d'espérance à celui qui a exposé ses
« jours pour sauver les vôtres, et je tombe à
« vos genoux.

           « Sir WILLIAMS RORRER, commodore. »

— Ceci est une lâcheté, ma fille, s'écria mistriss Héléna, ceci est un piége tendu à notre bonne foi, cette lettre n'est point de sir Williams Rorrer, ce n'est pas là son écriture, c'est à moi qu'il eût écrit et non à toi ; ce docteur est un misérable envoyé par nos ennemis pour nous perdre. Il faut nous cacher désormais et vivre,

toi et moi, dans l'isolement et la prière. As-tu
la force de te lever, Nelly? Songes-y bien, un
seul instant peut nous perdre à jamais; viens,
Nelly, hâtons-nous, ma fille, ou cette maison
est notre tombe.

Nelly se leva ; on frappa de nouveau... La
terreur tint la mère et la fille immobiles, serrées l'une contre l'autre.

—Une lettre, dit la jeune enfant, qui avait
ouvert sans attendre un ordre.

—Donne, Zoé, donne, et laisse-nous.

La mère brisa la cire d'une main tremblante.

« Madame... »

—Signée de qui? demanda Nelly avec une
impatience qu'elle ne put maîtriser.

—Williams Rorrer... Ah! je le savais bien
que l'autre était un infâme! Écoute.

« Madame,

« Je crois que vous avez manqué de géné-

« rosité en refusant de recevoir un homme
« dont l'avenir eût été pour vous et miss Nelly
« un dévouement de toutes les heures. Puisse
« l'absence adoucir l'amertume de mes regrets!
« puisse le ciel vous protéger comme l'eût fait
« celui dont vous avez refusé les hommages !
« J'étais seul au monde, je voulais une famille,
« je croyais l'avoir trouvée... Pardon, mistriss
« Héléna, et vous aussi pardon, miss Nelly,
« d'avoir espéré !

« Je pars, à ma mort seulement vous sau-
« rez combien vous avez rempli ma vie.

« Adieu.

« Sir WILLIAMS ROBRER. »

—Je suis prête, ma mère, dit Nelly d'une
voix tremblante; allons où le ciel nous con-
duira... Zoé restera jusqu'à demain ; elle ren-
dra la bourse à cet homme, à ce misérable qui
a voulu nous entraîner dans un précipice...
Mon Dieu ! mon Dieu ! de quoi me punissez-
vous donc ?...

Une voiture vint prendre les deux infortunées. Il était presque nuit ; et le soir, on vit,
à travers le brouillard et près de la grille de la
maison, deux hommes dont l'un semblait
commander à l'autre.

— Tu es bien sûr qu'elles y sont toujours ?

— Toujours, Mylord, à moins que Satan ne
les ait enlevées sur ses ailes de feu.

— Pourtant, nulle lumière ne brille dans
l'appartement.

— Par économie, Mylord.

— A tout événement, frappe.

— Ne sera-ce point éveiller les soupçons ? Je
crains que mon titre de docteur ne me soit
volé.

— Aussi, pourquoi diable aller sur les bri-
sées des Berryer, des Johnson ?... Les bonnes
réputations sont lourdes à porter ; il fallait te
nommer simplement : c'est un lourd bagage,
j'en conviens ; mais ton épaule s'y est façon-

née, elle que je soupçonne déjà timbrée de deux lettres.

— Les lois françaises ne peuvent m'atteindre, Mylord.

— A la bonne heure; mais frappe, j'ai une revanche à prendre.

Quatre coups retentirent. Zoé ouvrit.

— Mistriss Héléna?

— Elle est partie, docteur.

— Et sa fille?

— Partie aussi.

— Où sont-elles allées?

— Je l'ignore; mais elles ne doivent plus revenir.

— Elles te l'ont dit?

— Oui, docteur; et c'est pour cela qu'elles m'ont ordonné de vous rendre cette bourse.

Le docteur rejoignit le gentilhomme qui l'attendait.

— Eh bien? dit celui-ci.

— Dénichées, Mylord ; vos craintes étaient fondées.

— Damnation !

— Mais tout n'est pas perdu, Mylord.

— Comment cela ?

— Voici la bourse.

— Garde-la.

— Merci, Mylord ; elle m'aidera dans mes nouvelles recherches.

— Je te savais coquin, je ne te croyais pas sot. Biaggini, tu mourras pendu.

— Quelle banalité ! dit le Génois en haussant dédaigneusement les épaules.

Ils se séparèrent.

# .CHAPITRE VII.

---

## LE DUC DE BRUNSWICK.

> Calomniez, calomniez, il en reste toujours
> quelque chose.
>
> BEAUMARCHAIS.

## LE DUC DE BRUNSWICK.

—

Vous trouvez à Londres, ici, là, dans les parcs, dans les rues, dans les squares, à toute heure, qu'il gèle, qu'il pleuve ou que le brouillard fasse un chaos de la ville, un homme jeune encore, beau, élégant, diamanté, infatigable, dont la vie est un mouvement perpétuel et qui regarde sans doute le repos comme une maladie : à cheval, en tilbury, en carrosse, il brûle les pavés, il éraille

les bornes, il escalade les trottoirs, il épouvante
les piétons, et quand il s'arrête, c'est tout à
coup, comme si un mur d'airain venait de s'opposer à l'impétueux élan de ses chevaux de
race. Le voilà dans un riche magasin de cer-
cueils, dont il étudie en riant les formes et le
goût ; le voici maintenant en face du café Vé-
ryee, se faisant apporter des glaces, des sorbets,
en plein vent, comme s'il craignait d'étouffer
dans un vaste salon. Il entre chez un four-
reur, il fait une emplette, il part, il est parti, et
sur la route il jette quelques pièces de mon-
naie au timide mendiant d'un penny, et quelques souverains aux effrontées mendiantes
d'une couronne.

Quand on n'a pas vu cet homme quatre ou
cinq fois au moins dans la journée, soit à la
Cité, soit à Hyde-Park, soit à Piccadilly, on est
autorisé à le croire malade ; si vous ne l'avez
rencontré qu'une seule, prononcez son oraison
funèbre, il est mort, il est enterré.

Cet homme, dont il faut bien que je vous parle, parce que tout le monde s'en occupe, ouvriers et rois, fillettes et comtesses, est de la religion réformée ; mais, comme il a résolu un problème vainement cherché jusqu'à ce jour, à savoir qu'on peut se trouver à la fois en deux endroits différents, cet homme, disons-nous, abjurera sans doute et se fera fervent adorateur du feu..... la flamme au moins ne se repose jamais. Étrange destinée ! il n'est pas un royaume européen qu'il n'ait sillonné, pas de capitale où il n'ait été salué triomphalement, pas de fleuve qu'il n'ait franchi, pas de palais dont les portes ne lui aient été ouvertes à deux battants : et un beau jour, quand il s'est senti rassasié d'honneurs princiers, de courses au fond des abîmes, dans les cloches des plongeurs, à travers les plaines, les forêts et les montagnes, il a voulu, comme l'aigle, envahir les airs et dominer le monde où il occupe tant d'espace.

Que fait-il aujourd'hui?

Renfermé dans un palais, véritable solitude, il y rêve et de gloire et d'avenir : de gloire, parce que sa jeunesse est forte et virile ; d'avenir, parce qu'il a un trône dont il fera un jour la conquête. Locke, Condillac, Shakespeare, Corneille, Molière, Goëthe, voilà ses amis, ses camarades, ses consolateurs.

Quelles seront ses funérailles ? Nous l'ignorons, Dieu n'a pas encore parlé. Quant à sa naissance, elle a été annoncée par la voix de mille canons, par les volées de toutes les cathédrales, par les vœux des nations, par la signature de presque tous les rois, de presque toutes les reines d'Europe qui ont voulu être ses parrains.

Cet homme exceptionnel, ce jeune et florissant admirateur de tout ce qui est beau, de tout ce qui est grand, c'est un prince sans couronne, c'est un duc sans duché, c'est Charles de Brunswick, chef de la maison d'Est.

Je vous l'ai dit, le duc cosmopolite, qui court

après la fatigue sans pouvoir jamais l'atteindre,
ne se voit pas seulement dans les hauts quar-
tiers où s'épanouit le luxe, où trône l'opulence;
il arpente aussi les rues étroites, sombres et si-
nueuses qui cachent la misère et les douleurs,
et dans lesquelles sa main réprime à peine la
fougue de ses chevaux, accoutumés à plus d'espace.

Un jour que pour ne point écraser un enfant, le cabriolet du duc reculait vers un petit
trottoir, celui-ci est envahi, et l'arrière-train
brise une devanture de boutique. Aux éclats
la foule accourt et menace, le duc donne de
l'or, la foule s'arrête et bénit.

Il y a de l'égoïsme dans la charité; celui
qui donne est plus heureux que celui qui re-
çoit; le bienfait encourage au bienfait. Aussi
Charles de Brunswick, qui comprend ces véri-
tés et qui est descendu de son cabriolet, péné-
tre dans la petite maison où s'est opéré le dé-
gât et demande d'une voix amicale s'il n'y

a pas là quelque infortune à soulager. On le
salue avec respect, on s'attendrit à ses douces
paroles, on le regarde avec des larmes, et on
le guide à travers un corridor étroit, noir,
gluant, vers une chambre basse donnant sur
une cour enfumée.

Il entre : une femme au front ridé par la souffrance bien plus que par l'âge est couchée sur
un grabat sans couverture; ses yeux sont secs; il
y a de la foi, de la résignation, quelque chose
de divin dans cette pieuse tête levée vers le
ciel; il y a de la prière et de l'amour sur ces
lèvres légèrement agitées, et l'on devine que
ces vœux, ces invocations ne sont point pour elle
près de partir, mais pour une autre qui arrive
à peine.

Cette autre, vous la voyez agenouillée à son
chevet, sur la pierre raboteuse, les mains
jointes, les joues pâles, le corps demi-nu, mais
abrité par la pudeur... Elle prie aussi, non pour
celle qui arrive, mais pour celle qui s'en va :

elles partiront toutes deux, hélas ! car la douleur de l'une est la douleur de l'autre, et ces
deux âmes, ainsi que deux sœurs aimées, mon-
teront ensemble vers le trône de l'Éternel.

C'est la mère, c'est la fille. Celle qui souffre
le plus est celle qui ne peut pas prendre les
douleurs de l'autre, et l'ange du ciel qui voudrait sauver l'une d'elles serait regardé comme
l'ange des ténèbres s'il ne souriait point à toutes
deux.

Une chaise, une table délabrée, un crucifix
sur un bénitier, un peu de paille sur le grabat,
une écuelle, une médaille d'or au-dessous de
la croix, voilà cette chambre d'où le remords
est exilé, où règnent la résignation et la prière.

Il y avait tant de noblesse dans la jeune
fille agenouillée, que la main du duc, qui allait
s'ouvrir, se ferma aussitôt. Il craignait qu'on
ne regardât l'aumône comme une offense, et
il essaya le baume des charitables paroles, plus
efficace que celui de l'or.

— Le hasard est un dieu bienfaisant, dit-il avec bonté en s'adressant aux deux infortunées en même temps ; et je bénis celui qui m'a conduit dans cet asile de la misère ; car bien certainement il n'est pas celui du déshonneur. Vous, mistriss, vous accepterez pour votre fille ; vous, miss, vous accepterez pour votre mère... Celui qui vous parle est opulent et vous tend une main amie ; si vous le refusez, il sera en droit de se croire offensé.

Le regard de la fille remercia pour la mère, le regard de la mère remercia pour la fille.

— Vous quitterez aujourd'hui, dans une heure, cette chambre fétide : un logement convenable va vous être préparé ; mes bienfaits..... — pardon, mon amitié vous y poursuivra, et vous prierez pour l'étranger, car je veux rester inconnu.

— Que le ciel vous récompense, monseigneur ! répondit la jeune fille : le duc Charles

de Brunswick n'est inconnu à personne, la
ville et la cour savent toutes ses actions.

— Je n'ai plus de duché, belle et touchante
miss, je ne dois point avoir de flatteurs... mais
vous souffrez, permettez que je m'éloigne ;
cette rencontre sera peut-être aussi favorable
à vous qu'à moi, qui veux racheter quelques
erreurs. Adieu.

Le lendemain de cette visite, la mère et la
fille commencèrent une vie plus calme dans
une maison sans luxe, mais à l'abri du besoin ;
car le duc avait pourvu à tout, et les fournis-
seurs étaient payés d'avance. Quant au prince,
cette journée passa sur lui comme tant d'autres,
sans l'arrêter, sans occuper sa brillante vie.
Nous ignorons même s'il a consigné cet épisode
dans ses larges tablettes, où sont enregistrés
bien des mystères.

Mais avant de suivre dans leur vie aventureuse
les deux femmes dont l'existence se rattache
peut-être à celle de quelques-uns des person-

nages qui ont déjà passé sous nos yeux; parcourons le quartier infect où nous venons de
les rencontrer, et jetons aux yeux du législateur le hideux tableau de tant de misères amon-
celées. C'est là une douloureuse tâche à remplir; mais nous visitons une grande cité, nous
devions nous attendre à des larmes, à la faim,
au désespoir. Ici, dans le quartier des Irlandais, vieillesse, enfance, frères, sœurs, étendus
sur la même paille, se prêtent mutuellement
un mal qui les ronge; ils sont là, sur un grabat fétide, côte à côte, sans abri contre le vent
glacé qui pénètre librement dans la chambre
ou plutôt dans la tombe.

L'extrême misère n'a point de sexe, les hail-
lons ont habitué les regards aux nudités; et
la nuit, quand la fatigue et la douleur ont
anéanti les forces, quand deux heures d'un généreux sommeil ont tué leur mémoire, il arrive
souvent que la main du frère, pressée par la
main de la sœur, n'appartient plus qu'à un

cadavre dont la famille entière envie le sort :
c'est un homme de moins, c'est une putré-
faction de plus, et la mort élit domicile dans
l'asile du deuil, qui sera bientôt dépeuplé.

Oh! cela est déchirant, cela est horrible,
que dans la cité reine du monde civilisé une
poitrine râlante serve d'oreiller à la mère dont
la tête blanchie voulait réchauffer un corps
sans aliments. Et cependant, ne vous hâtez
pas de jeter l'anathème au riche, ou le blas-
phème à Dieu, je ne vous ai pas dit encore
toutes les tortures de ce quartier infect, le
deuil qui vient s'asseoir à chaque porte, les
larmes qui coulent de tous les yeux ; car la
douleur est corrosive. On a vu, on voit une
mère échevelée, en délire, arrêter au passage
le docteur studieux que le zèle amène dans ce
monde de mourants, et lui offrir le cadavre de
sa fille encore vivante pour acheter, à l'aide du
schelling qui tombe dans sa main décharnée, un

secours qui doit lui conserver les jours de son fils à l'agonie.

Oh ! ce sont là de ces scènes de douleur que le riche de Londres ignore sans doute, puisqu'elles ont lieu chaque jour, puisque le corbillard du pauvre est presque la seule voiture dont les roues fassent crier le pavé de la paroisse Saint-Gilles.

Suivons le cours de notre récit.

Mistriss Héléna était une de ces organisations fatalement privilégiées dont la vie est une émotion incessante. Hier on lui eût donné vingt ans à peine; aujourd'hui vous l'auriez crue sexagénaire, tant la joie ou la douleur jetait de fraîcheur ou de rides sur sa physionomie résignée. Quand un malheur la frappait, elle remerciait le ciel de ce qu'il n'était pas plus grand, et elle regardait comme un bienfait de Dieu toutes les amertumes qu'elle pouvait dérober à sa fille.

Rien n'était doux et consolateur autant que

le sourire qu'elle laissait tomber sur son enfant aimée, lorsque celle-ci, ravivée par le la-
beur qui devait adoucir leur misère, conduisait
l'aiguille docile sur la mousseline ou le tulle
confié à son zèle infatigable. Oh! alors le travail de Nelly devenait une récompense, son œil
ne se fatiguait plus à la clarté douteuse d'une
lampe mourante, et bien souvent, quand le
jour revenait visiter la demeure de la fille et
de la mère, celle-ci, à genoux, remerciait l'É-
tre suprême d'avoir permis au sommeil de se
poser sur un corps auquel l'amour filial donnait seul des forces et du courage.

La lutte était chaude et pieuse entre ces deux
célestes créatures pour se cacher mutuellement leurs angoisses. Quand la jeune fille ren-
trait d'une course laborieuse, elle disait souvent à sa mère que ses forces avaient été ré-
parées par un généreux secours, tandis que
celle-ci, par une délicatesse égale, assurait
aussi que sa faim était apaisée à l'aide d'un

bienfait inattendu : le voisin lui avait prêté
une main amicale, — comme si on avait des
voisins à Londres ! — de sorte que le soir vous
auriez pu croire que l'abondance régnait dans
la maison.

Cependant mistriss Héléna et sa fille miss
Nelly revinrent à la santé en renaissant à l'espérance; elles mirent une sorte de vanité à
publier les bienfaits dont elles avaient été
l'objet, et dans leur quartier on ne les appela
plus bientôt que *les deux duchesses.* Je ne vous
ai point parlé de la beauté de Nelly, parce que
la misère l'avait flétrie ; mais sitôt que les
souffrances de sa mère furent allégées, elle res-
saisit cette teinte diaphane, cette candeur de
jeune vierge, ce sourire d'ange, et cette grâce
pudique qui avaient escorté son adolescence,
et bientôt on s'occupa d'elle autant qu'on l'eût
fait d'une princesse, d'une miss Suderland,
comme si deux couronnes de reine pouvaient
parer une seule tête.

Hélas ! presque toute renommée est fatale au bonheur qui se déroule devant vous : tandis que s'agitent les passions sataniques de Zambala et celles plus calmes d'Edward et de Georges, peut-être miss Nelly ne sera-t-elle pas isolée au milieu des événements que nous avons mission de suivre jusqu'à leur dénouement.

Il faut le dire, parce que cela est et que nous faisons de l'histoire : accepter un bienfait du duc de Brunswick, c'était s'exposer à la calomnie ; car la réputation de galanterie du noble seigneur est justifiée par tant de conquêtes qu'on ne recule plus à Londres, dès qu'il s'agit d'une pierre à joindre à son diadème ducal..... Et cependant miss Nelly accepta ses offres généreuses sans la moindre hésitation. Ah ! c'est qu'elle avait vu, la jeune fille, toute la puissance de son regard de vierge sur le cœur du prince ; et puis une mère presque à son dernier soupir qui avait besoin de pain et d'air, qui avait besoin de vêtements et de feu !.....

Un jour, par un ciel bas, glacé, ténébreux, on vit arriver, comme deux pauvres ramiers après la tempête, une mère, une fille. La première pleurait, la seconde ne l'osait pas, elle trouvait que c'était beaucoup trop d'une douleur, et elle souriait presque aux larmes qui tombaient sur ses mains gercées. Toutes deux étaient vêtues proprement, avec simplicité ; mais on devinait déjà un premier outrage de la misère, et sur les traits résignés des nouvelles venues, il était aisé de reconnaître deux âmes nobles injustement frappées par le destin.

A leur aspect, l'égoïste aurait senti battre ses artères, l'avare aurait compris la prodigalité, le piéton eût ouvert un passage et présenté une main généreuse; mais il y avait de la vanité sans orgueil dans les regards, dans la parole de la mère et de la fille, et l'on se contentait de les plaindre sans leur adresser un mot de consolation. L'outrage est si près de l'aumône qu'on les dirait frères, et qui ne demande pas comprend bien mieux l'insolence d'une offre qu'il ne ressentirait la honte d'un refus.

Un petit magasin de fil, d'aiguilles et d'objets de mercerie s'ouvrit dans Form-Street. Il aurait dû prospérer, puisque mistriss Héléna et miss Nelly ne spéculaient point sur la pauvreté ; mais, hélas ! si la générosité dans l'opulence est un moyen de richesse, elle est une cause de détresse dans la médiocrité. Mistriss Héléna voulut faire crédit à tous ceux qui en avaient besoin, leur maison succomba, elles vendirent les débris de leur magasin, elles ouvrirent encore leurs ailes, comme ces pauvres petits oiseaux à qui le ciel donne chaque jour la nourriture, et qui ne savent pas si demain la terre ne sera point vêtue de frimas.

Elles vécurent encore, la mère parce que sa vie était nécessaire à la vie de sa fille, celle-ci parce que, même sans l'amour qu'elle avait pour sa mère, elle en éprouvait un autre d'autant plus brûlant qu'elle cherchait tous les jours à l'éteindre.

Cependant, le quartier des Irlandais n'a pas une maison où le sourire se glisse au foyer. Mistriss Héléna se sentait aller à la tombe, Nelly accepta le sacrifice parce qu'elle trouvait en elle la force d'en offrir deux à son Dieu.

C'est alors qu'elles ne comptaient même plus sur le secours du ciel, que le duc de Brunswick pénétra, comme nous l'avons dit, dans leur demeure et rendit à ses deux protégées les forces et la santé. Mais, on le sait, la calomnie, qui d'ordinaire épargne le malheur, s'attaque sans relâche à la fortune, et miss Nelly, qu'on avait vue naguère dans la détresse, ne fut plus regardée désormais que comme la maîtresse du duc de Brunswick.

L'insulte se lit sur les traits, dans les regards autant que dans les paroles. Nelly surprit celle qui lui était faite, et dès ce jour elle résolut de renoncer aux bienfaits du prince. Elle connut

bientôt sa demeure : au nom de sa mère malade
elle lui écrivit, et le lendemain de sa détermi-
nation, elle se rendit à l'hôtel du prince, Brians-
thon-Square. Elle descendit de sa voiture en
tremblant, frappa trois coups timides, remit sa
lettre à un valet, et repartit.

Les chevaux s'étaient élancés, un papier jeté
par la portière tombe aux pieds de Nelly : elle
frissonne, elle hésite, elle n'ose pas regarder
d'où lui vient cette missive. Cependant le trouble, l'émotion, lui font jeter le regard sur ce
papier sans cachet qui ne peut lui venir que
d'une main audacieuse. Elle le relève, elle lit :

### A NELLY OU A SA MÈRE.

Un billet à sa mère ! elle peut le lire.

— WILLIAMS ROWER..... Malheureuse ! malheureuse ! s'écria-t-elle.

Le mouvement la rend bientôt à la vie, à la
raison ; elle lit ce billet.

« Je ne me plains pas, mais je souffre. Vous !

« vous, seule, chez le duc de Brunswick! Hier
« je serais mort avec douleur, aujourd'hui je
« mourrai dans le désespoir. Je vous ai recon-
« nue dans votre voiture, je vous ai suivie....
« je n'ai pas même la force de vous maudire. »

Nelly arriva chez sa mère pâle, anéantie.

— Qu'as-tu, mon enfant?

— Tiens, ma mère, lis.

Mistriss Héléna demeura plus convaincue
que jamais de la fatalité qui pesait de tout son
poids sur sa famille; cependant elle voulut
consoler Nelly; la jeune fille n'en avait pas besoin.

Le premier coup était porté, il avait brisé le
cœur de Nelly, mais elle pensait aussi qu'un
amour comme celui de sir Williams voudrait
une vengeance, sinon une ivresse, et elle se
disait qu'il était impossible qu'elle n'eût pas été
suivie. D'un autre côté, elle tremblait que le
noble commodore n'interrogeât quelqu'un

dans la rue qu'elle habitait, et ses terreurs redoublaient alors dans la crainte que la calomnie n'arrivât jusqu'à lui.

L'oubli aurait peut-être fini par tuer miss Nelly, ses incertitudes devaient la faire vivre; aussi chercha-t-elle à donner du courage à sa mère; et bientôt, comme si celui qu'elle aimait ne la perdait point de vue, elle ne quitta presque plus le foyer que pour les besoins du ménage.

Un jour que sous une rapide giboulée elle sortait d'un petit magasin, un homme la suivit et lui demanda pour lui un entretien avec sa mère. Son langage était honnête, sa mise décente, sa physionomie heureuse et calme; il entra.

# CHAPITRE VIII.

## LE PASTEUR.

## LE PASTEUR.

—Madame, dit le nouveau venu après avoir accepté le siége qui lui fut offert par miss Nelly, je suis un apôtre de paix et de miséricorde, j'ai de graves devoirs à remplir, et en me présentant à vous, je viens vous offrir encore plus de consolations pour votre âme souffrante que de ressources pour votre vie de misère et de travail. Je sais les épreuves que vous avez subies.

— Vous les savez toutes, Monsieur? dit mistriss Héléna, qui avait voulu jusque-là cacher son nom, et qui tremblait que celui d'Oxley ne lui attirât des persécutions nouvelles.

— Non, Madame, mais si par mon devoir et par mon cœur j'étudie les calamités de ce quartier de larmes confié à ma vigilance, vous comprenez que vous n'avez pas dû rester étrangère à ma sollicitude. Et d'abord je dois vous apprendre que je suis Thomas Lowe, le pasteur de Saint-Gilles, dont vous avez peut-être entendu parler.

—Nous voici plus rassurées, Monsieur, votre nom est tout étoilé de la bénédiction des pauvres. Continuez.

— Deux circonstances bien étranges m'ont amené aujourd'hui auprès de vous : les prières d'un homme, les prières d'une femme.

— Quelle est cette femme? demanda vivement miss Nelly, qui ouvrait ainsi une voie à
la seconde question que devait adresser sa
mère, et qui pourtant ne fut point faite.

— Cette femme, poursuivit le ministre, je
ne sais pas son nom ; mais, victime de la calomnie, elle veut que ses bienfaits profitent à
celles que la calomnie vient frapper aussi dans
leur modeste asile.

— Ainsi donc la honte, le mépris pour nous?
dit mistriss Héléna en jetant un douloureux
regard sur sa fille. Si vous saviez pourtant,
sir Lowe...

— Je connais votre nom.

— Si vous saviez quel ange de candeur et
de bonté le ciel m'a donné dans sa miséricorde ! Calomnier miss Nelly, c'est blasphémer
Dieu, c'est une impiété, c'est un sacrilége !

— Et c'est parce que je le sais, moi, gardien des âmes pures, que j'ai accepté la double mission qui m'a été confiée. Un haut per-

sonnage a voulu vous aider dans la vie, vous
avez répudié ses bienfaits dès que vous avez
appris que la calomnie flétrissait le protecteur
et la protégée, vous avez agi selon l'Évan-
gile, et Dieu vous devait une récompense.
Je ne vous apporte point une fortune, mais
ce n'est pas non plus une aumône que je viens
vous offrir, c'est une consolation. Un refus
m'affligerait, et je vous demande l'aumône
d'une réponse qui ne soit pas un chagrin pour
la donataire.

—Le révérend sir Thomas Lowe a des moyens
de persuasion qui nous touchent profondément,
dit mistriss Héléna, mais, en vérité, nul secours ne nous est nécessaire encore, notre travail et les libéralités du duc de Brunswick nous
ont fait des économies qui nous rassurent
même pour un long avenir... Il y a autour
de nous, poursuivit-elle, tant de larmes à
essuyer, que le bienfait en sera plus efficace.

—Je ne puis en changer la destination, dit sir

Thomas Lowe, et je ne sortirai point d'ici que vous n'ayez accepté ; libre à vous plus tard de consoler qui souffre et prie.

— L'aumône échappée de votre main vénérée en doublera le prix, répondit mistriss Héléna en repoussant la bourse qui lui était présentée.

— Dès lors, Madame, je garderai ma seconde confidence, et je me retire.

—Ma mère, dit Nelly, dont le cœur attendait une douce révélation, en refusant ce dont vous saurez faire un si noble usage, vous affligez deux âmes généreuses, et vous m'avez dit un jour qu'il ne fallait pas décourager de la bienfaisance.

— Votre mère refuse, libre à elle, mais vous acceptez, vous, miss; merci pour l'inconnue, merci également pour moi.

— Et maintenant que je me suis montrée obéissante, dit la jeune fille en rapprochant son siége de celui du révérend Thomas Lowe, quelle est la seconde confidence que vous avez à nous faire?... Il s'agit aussi d'une dame, je crois?

— Il faut demander pardon à Dieu même des demi-mensonges, dit sir Thomas Lowe avec un sourire d'indulgence, et miss Nelly, qui a de la mémoire, se rappelle, j'en suis sûr, que j'ai parlé d'un gentilhomme et non d'une lady.

Miss Nelly baissa la tête; elle attendit, les mains croisées et le regard attaché sur sa mère.

— Tout ce qui souffre, dit le révérend Thomas Lowe avec gravité, se réfugie dans le sein de Dieu, seul appui qui ne manque jamais à la prière; ce que certains esprits appellent philosophie, je l'appelle, moi, résignation; mais la résignation est coupable quand elle s'incline comme le découragement, et le ciel ne nous impose souvent des douleurs que pour nous donner l'occasion de les combattre. On se réchauffe, on se ravive à la lutte, et la foi vient avec le succès. Ainsi avez-vous fait, mistriss

Héléna ; ainsi avez-vous fait, miss Nelly, sous les sages leçons de votre mère ; ainsi a fait le gentilhomme dont je viens vous parler : c'est un cœur noble, une âme élevée, c'est une haute réputation de bravoure et de patriotisme.

Le front de Nelly rayonna.

— Le commodore sir Williams Rower m'a tout conté ; il m'a dit le service inespéré qu'il avait eu le bonheur de vous rendre, ses regrets de n'avoir point été admis chez vous après le crime auquel vous avez échappé comme par miracle, et l'inébranlable résolution qu'il avait prise de chercher dans l'absence un remède contre son amour.

Les yeux de Nelly se mouillèrent de douces larmes, ceux de sa mère se levèrent au ciel.

— Cependant, poursuivit le révérend sir Thomas Lowe, le hasard, ou Dieu plutôt, si j'en juge par l'émotion de ma jeune voisine, a permis que sir Williams se trouvât sur les pas de miss Nelly, lorsqu'elle est allée remercier le duc de Brunswick. Vous comprenez les tourments d'un cœur qui aime, les jalousies d'une âme dans laquelle il y avait un autel dressé pour un premier amour.

— Oui, oui, dit Nelly tout bas, de ses lèvres à peine entr'ouvertes.

— Il traça deux lignes sur son calepin et les jeta dans votre voiture.

— Les voici, dit la jeune fille en présentant le papier à sir Thomas Lowe.

— Sur le cœur ! C'est bien, mon enfant, je commence à espérer pour le succès de ma mission ; et je poursuis. Sir Williams vous suivit et.....

— J'en étais sûre ! s'écria miss Nelly.

— Voyez-vous cela ! poursuivit sir Thomas en souriant : l'intelligence a son siége au cœur, et c'est de là que nous vient la lumière... Eh bien ! oui, mon enfant, sir Williams vous suivit, et il eut raison ; mais il fut indiscret, il interrogea vos voisins, vos voisines surtout, et il trembla pour son bonheur ; vous fûtes calomniée,

— Votre visite nous prouve qu'il n'a pas cru aux odieuses accusations, dit Nelly avec un sentiment de joie mêlé de tristesse.

— On ne croit pas, Miss, mais on est ébranlé ; plus on aime, plus le cœur est disposé à accepter les outrages vomis sur les objets de notre affection, et c'est pour les combattre ou pour s'y soumettre, que j'ai reçu hier la visite du commodore.

— Que lui avez-vous répondu, Monsieur ?

— Votre question est ma réponse : vous ne chercheriez point à la connaître, si elle avait dû vous perdre dans l'esprit de sir Williams Rower.

— Ainsi donc, c'est de lui, c'est du noble commodore, que nous vient le secours que nous avons accepté ? dit mistriss Héléna.

— Madame, dit le révérend Lowe, même

pour un bonheur, je ne me permets point de
mensonge. Une jeune et belle femme m'a re-
mis cette bourse. Quant à sir Williams, ce
n'est pas seulement sa fortune que je viens
vous offrir, c'est sa main, c'est son nom.

— O ma mère ! s'écria miss Nelly en se jetant à genoux, tes malheurs vont donc avoir
un terme ! Et vous, sir Lowe, vous êtes un
ange de consolation et de bonheur.

—J'achève mon œuvre. Sir Williams, qui
sait déjà combien vous avez eu à souffrir de la
calomnie, désire que vous changiez de logement ; alors seulement il viendra ratifier les
paroles dont je me suis fait l'écho. Que lui di-
rai-je, mistriss ?

— Les larmes de joie de ma fille bien-aimée,
le bonheur que vous lisez sur ma figure peu
habituée au sourire... voilà notre réponse, sir
Thomas Lowe, vous pouvez la lui transmettre.
Mais à vous, à lui, de nouvelles confidences de
notre part, vous les accueillerez avec bonté,

vous nous guiderez de vos conseils, et peut-
être le ciel se lassera-t-il enfin de ses rigueurs
envers une mère qui ne le prie que pour ses
enfants.

— Vous avez d'autres enfants, Madame?

— A plus tard nos confidences.

— Ajoutez à tant de bontés un service nouveau, dit Nelly : choisissez vous-même l'appartement qui va nous recevoir ; n'êtes-vous pas
la plus puissante égide contre la calomnie?

— Je vais m'en occuper, miss Nelly.

— Dès demain?

— Dès ce soir.

— Oh! vous êtes le plus généreux des
hommes!

Nous vous tromperions en vous disant
qu'il y eut du calme dans la maison de mistriss Héléna et de sa fille après le départ du
révérend..... Ce fut d'abord du silence, du recueillement; mais bientôt les émotions se pres-
sèrent tumultueuses, les larmes de joie coulè-

rent des yeux, les paroles les plus affectueuses
s'échappèrent des lèvres de la mère et de la
fille, elles se crurent toutes deux sous le
charme d'une fascination divine, et elles se jetèrent à genoux, non pour remercier, mais pour
bénir.

Chez mistriss Héléna, c'était de l'ivresse;
chez miss Nelly, c'était du délire ; tout le
passé s'effaça presque dans les émotions dont
sir Thomas Lowe venait d'enivrer leurs âmes,
et toutes deux remerciaient et pleuraient à la
fois.

— Y crois-tu, ma mère?

— J'y crois, mon enfant, tu es si pure!

— J'y crois aussi , tu es si sainte!

— On ne gagne souvent le ciel que par le
martyre, et nous avons tant souffert, que Dieu
enfin aura eu pitié de nous.

— Sa miséricorde est si grande!

— Tu sais combien le cœur d'une mère est
facile à s'alarmer, tu sais avec quelle sage pré-

voyance il se jette au-devant du chagrin qui
peut atteindre sa fille ; eh bien ! mon enfant,
ton amour, que j'avais vu naître et grandir,
était pour moi la cause incessante de mille
angoisses. Un commodore ! une renommée !
Deux pauvres femmes abandonnées de tout
le monde !... Ah ! c'était plus qu'un rêve, c'é-
tait une témérité. Dieu nous a prises en pitié,
ma fille, comme il prend en pitié sans doute la
folie, et il a retiré de nous le manteau de douleurs sous lequel nous allions succomber.

— Ma mère, nous lui devons des actions de
grâce allons nous agenouiller dans son temple.

— Allons-y, ma fille.

Tandis qu'elles prient, le révérend Lowe est
arrivé auprès de sir Williams Rower, qui l'attendait avec cette impatience du cœur que la
raison n'a jamais pu vaincre.

— Eh bien ! sir Lowe.

— Eh bien ! sir Williams, vous êtes de
ceux, vous aussi, qui seraient fâchés de ne pas

trouver de tempêtes à combattre pour arriver
au port ; habitué aux colères des océans, vous
vous méfiez bien plus d'un ciel d'azur que
d'un horizon ténébreux, de telle sorte que lorsqu'un bonheur arrive à des organisations
comme la vôtre, elles ne croient jamais avoir
assez fait pour le mériter.

— Ainsi donc, je suis aimé ?

— Cela est bien à votre seigneurie de douter plus de l'amour de cette intéressante fille
que de sa vertu. Mais soyez rassuré, sir Williams, chacune de ses paroles, chacun de ses
regards a confirmé ce que je vous ai dit de la
sainteté de mistriss Héléna et de miss Nelly ; ce
sont deux anges qui doivent porter bonheur
à tout ce qui les approche. Elles vous conteront
leur vie, sir Williams ; miss Nelly vous dira
aussi le motif de sa course chez le duc de Brunswick ; je le sais, moi qui dois faire la juste
répartition des aumônes que je reçois. Mais

toute vive affection est causeuse, et miss Nelly
aura tant de choses à vous apprendre !

— N'est-ce pas qu'elle est bien belle et bien
touchante?

— Surtout dans les larmes, sir Williams.

— Elle en répandait encore?

— Le bonheur n'en fait-il pas toujours ver-
ser?... Tenez, voilà que vos yeux deviennent
humides; allons, allons, j'aurai bientôt, j'espère, à bénir deux âmes pures; vous voyez
que je veux aussi ma part de la joie que je
vous apporte.

— Ainsi donc je puis me présenter chez
mistriss Héléna?

— Vous avez déjà oublié nos projets?

— C'est juste, mais où vont-elles loger?

— Je me suis chargé de trouver un appartement; dans une heure il sera retenu, et c'est
pour cela que je vous quitte.

—Tenez, sir Thomas Lowe, donnez ceci aux
pauvres de votre paroisse.

— Le bonheur qui ne rend pas égoïste est toujours mérité ; je vous remercie pour mes pauvres, sir Williams.

Il n'était pas encore nuit que le commodore recevait un billet ainsi conçu :

« Sir Williams Rower, dans la maison
« n° 14 de la rue de....... Mistriss Héléna,
« que je viens d'installer, attendra votre sei-
« gneurie demain matin ; quant à miss Nelly,
« elle ne vous a jamais quitté depuis que vous
« avez sauvé sa mère. Je suis à vos ordres,
« j'attends.

                    « Thomas LOWE. »

# CHAPITRE IX.

---

## COQUETTERIE.

Aimer, c'est vivre.
(J. J. Rousseau.)

## COQUETTERIE.

—

Nelly, certainement, n'était point coquette, depuis longtemps elle avait désappris
les petits soins, les petits calculs, les petits
riens, causes innocentes de si grandes choses,
à l'aide desquels les jeunes filles de tous les
pays savent déguiser un défaut ou faire briller
une perfection; mais la mémoire des ressources

de la séduction revient bien vite à qui l'a une
fois oubliée, et Nelly s'en souvint à jour fixe,
à heure donnée, quoique depuis près de deux
ans elle eût cherché à se cacher à tous les yeux.

C'était peu sans doute qu'un souple et
moelleux ruban de cheveux blonds descendant
de ses tempes sur un cou diaphane, et enca-
drant gracieusement une figure dont l'espérance venait de bannir la douleur; c'était peu
de chose, à coup sûr, qu'une simple colerette
de mousseline frangée d'une légère dentelle
voilant sans trop les cacher deux épaules mollement arrondies, encore fallait-il se souvenir
qu'autrefois on avait entendu sans le vouloir
des bouches indiscrètes louer certains prestiges
négligés depuis lors ; et certes, tout était in-
nocent et chaste dans ces préparatifs d'une toilette commencée presque avant le jour et loin
d'être achevée à l'heure où le gentilhomme
anglais devait venir faire sa visite.

Quant à cette robe de mousseline blanche

qui emprisonne une taille harmonieuse et flexible, il y aurait eu impolitesse à ne point s'en vêtir, elle va bien, elle est coupée avec goût, on l'a ménagée pour les occasions solennelles, aussi est-elle agrafée déjà et permet-elle de se livrer sans efforts aux mouvements dont elle dessine à merveille les douces ondulations. Les mains sont petites, les doigts effilés, et quoique le sang s'y promène à la surface, la main sera abritée par un gant de couleur indécise qui attirera le regard par cela seul qu'elle feindra de l'éviter.

Je crois vous avoir dit que les pieds de miss Nelly semblaient ne s'être posés que sur les dalles de l'Alhambra ou dans les allées odoriférantes de Cadix ; aussi nous ne parlons du soulier gris de perle de l'heureuse fille que pour compléter le tableau de sa toilette du matin.

Au reste, quoique la nuit eût été agitée, les yeux avaient gardé leur azur limpide, les lè-

vres leur corail, la bouche son sourire, les
dents leur blanche nacre, le front sa sereine
splendeur.... Et l'on pouvait attendre, j'allais
dire espérer.

Quand tous ces innocents préparatifs furent
achevés, quand un regard eut dit que la tâche
avait été bien remplie, on fut presque fâchée
d'avoir été si vite; les heures sont paresseuses
dans l'incertitude d'un grand événement, et
comme Nelly ne pense même pas que c'est
un fiancé qui va venir, elle ne peut ignorer
du moins que c'est un commodore, une illus-
tration, et c'est pour cela, pour cela seul, je
vous l'atteste, qu'elle quitte avec regret la
glace fidèle dont elle admire la pureté.

La joie pleure comme la tristesse, Nelly le
sait depuis hier seulement; mais les larmes
de bonheur laissent aussi des traces, et quelqu'un pourrait se méprendre sur la nature de
celles qu'on aurait versées; il faut donc se faire
violence, et ne pas trop penser, d'autant plus

que le front se ride à la réflexion et que celui de Nelly a vingt ans à peine.

L'appartement est simple, dans son élégance de bon goût ; les meubles sont modestes,
les rideaux point trop sombres, il n'y a que la
pendule qui rompt cette harmonie, les aiguilles marchent avec une lenteur désespérante, et
l'on s'irriterait contre elles si la colère n'al-
longeait les traits et ne désharmoniait le car-
min d'une bouche sourieuse ; on oubliera donc
la paresseuse pendule, et l'on écoutera pieuse-
ment à la porte voisine pour savoir si la mère
sommeille encore.

Elle a parlé, elle vient d'appeler Nelly, qui
l'a déjà inondée de caresses.

—Je ne te demande pas, mon enfant, si tu
as dormi.

— Tu fais bien ; mais toi, ma mère, as-tu
passé une heureuse nuit ? hélas ! tu avais presque oublié le sommeil.

— Cela est vrai, Nelly, mais ne nous plai-

III.                                    14

gnons plus, te voilà jolie comme si tu n'avais
jamais souffert.

— Tu crois?

— Vous le savez mieux que moi, coquette,
et si je l'osais, je vous gronderais d'avoir douté
de vous. Votre toilette est charmante, mais
vous pouviez vous en passer, et qui est si riche
n'emprunte pas.

— Que vous êtes rassurante, ma bonne
mère! Vous croyez donc?...

— Taisez-vous, je sais ce que vous allez me
demander, et je ne veux pas vous donner une
joie de plus.... Quelle heure est-il?

— Dix heures, ma mère.

— Sir Williams ne viendra pas avant midi,
je vais me lever et me faire coquette presque
autant que toi.

— Je vais vous y aider, ma mère; la pendule
marchera plus vite.

— Folle! dit mistriss Héléna avec un soupir

qu'elle ne put étouffer, le bonheur apprend
la prudence : quand il arrive, essayons de ne
pas l'effrayer.

A deux le temps paraît marcher plus vite,
mais surtout à trois, et certes, sir Williams,
que l'on attendait avec impatience, était si inti-
mement lié aux petits détails dont nos deux
amies s'occupaient avec tant de soin, qu'il n'est
pas faux d'ajouter qu'on aurait pu le croire témoin des coquettes discussions de mistriss Héléna et de Nelly. Cependant l'heure approchait,
il était présumable que sir Williams serait exact
au rendez-vous, s'il ne le devançait pas de
quelques minutes ; et voilà que maintenant la
pauvre Nelly tremble de tous ses membres.

Elle si impatiente naguère trouve que la pendule marche trop vite ; elle a peur, sir Williams ne l'a vue qu'à la dérobée, mêlée à un
drame, avec tout le prestige du malheur; elle
lui a plu peut-être parce que le crime l'entourait, parce qu'on aime tout ce qu'on protége ;

qui sait si l'incarnat de ses joues plaira au
commodore autant que leur pâleur?... Oh !
bien certainement miss Nelly fait des vœux
pour que sir Williams ne vienne pas encore, et
pourtant, si on lui disait que la visite du commodore est renvoyée au lendemain, ce serait
porter un coup mortel à la jeune fille. Son
bonheur s'en irait dans cette éternelle attente,
pendant laquelle toutes les passions de son
âme se livreraient un si rude combat...

On frappe, c'est lui. Une jeune fille ouvre,
il est là, entre miss Héléna et Nelly... Celle-ci
est rassurée, elle n'a rien perdu de sa puissance, car la parole de sir Williams est douce
et tremblante.

— Je vous dois, Mylord, un bonheur dont le
cœur seul d'une mère peut connaître le prix.

— Oh ! ne parlons point de reconnaissance,
Madame, je vous ai rendu un service que tout
bon gentilhomme vous eût rendu à ma place.

— Mais sans nous connaître !

— Vous vous trompez, Madame, et c'est ici la première confidence que j'ai à vous faire : vous, Madame, et miss Nelly ne m'étiez point étrangères.

Mistriss Héléna et sa fille échangèrent un regard d'effroi.

— Non, Mesdames, poursuivit le commodore, qui n'avait point remarqué ce mouvement rapide comme la pensée, vous n'étiez point des inconnues pour moi. Il est des natures privilégiées qui imposent à l'instant une croyance ; et, en vous voyant pour la première fois, il m'a semblé que j'aurais un jour deux amies à protéger, deux femmes à aimer.

Nelly ne trembla plus.

— Pardon, Mylord, dit la mère, mais nous ne nous rappelons pas avoir eu le bonheur de vous voir avant le jour si terrible où nous vous dûmes l'honneur et la vie.

— Je le crois, Madame ; vos regards, ceux de miss Nelly, soit dans la rue, soit à l'église,

ne voyaient que Dieu, que vous alliez invoquer.
Mais moi, Madame, je m'étais fait une seconde
religion et j'avais à m'incliner devant deux
puissances.

Cette fois le commodore put lire sur la céleste physionomie de Nelly : il était aimé.

— Ainsi donc, dit mistriss Héléna, qui voyait
bien que sa fille n'avait point encore la force
de répondre, vous nous avez suivies dans nos
pieuses promenades?

— Souvent et depuis longtemps. Ne m'en
veuillez point, Madame, je vous prie, car sans
cette indiscrète témérité, un crime peut-être
eût été consommé.

— Le ciel est inspirateur des bonnes choses,
dit Nelly de cette voix d'ange que vous lui
connaissez et que sir Williams entendait pour
la première fois.

— Ainsi donc, dit sir Williams, miss Nelly
me pardonne?

— Je vous bénis, Mylord, pour m'avoir conservé ma mère ; nous avions tant besoin d'une protection !

— Vous acceptez donc l'appui de mon bras et de mon cœur ?

— J'accepte, Mylord, tous les bienfaits qui nous viendront de vous, dit mistriss Héléna, qui prenait en pitié l'émotion de sa fille, et miss Nelly n'a jamais donné un démenti à sa mère. Vivant seules, ignorées, la visite du révérend Thomas Lowe, les paroles d'affection qu'il est venu nous apporter de votre part, nous ont profondément touchées, nous n'osions croire au bonheur qui nous était offert, et ma fille, dont vous avez suivi les pas chez le duc de Brunswick...

— Oh ! je ne vous en ai point voulu de cette témérité, Mylord, dit vivement la jeune fille, je la comprends aujourd'hui plus que jamais.

Puisque miss Nelly comprenait les tourments de la jalousie, c'est qu'elle aimait sir

Williams, qui n'en doutait déjà plus en se sen-
tant enivrer par cette parole de l'âme dont celle
de la jeune fille était pénétrée; dans sa vie d'a-
gitations, il n'avait pas deviné encore que le
bonheur pût naître du tumulte des sentiments,
et il lui semblait qu'il recommençait une nouvelle existence. Aussi, tout entier à ces émotions auxquelles la réflexion seule laisse
toute leur suavité, il se leva pour abréger sa
visite.

— Déjà? dit miss Nelly, dont le regard implora un pardon de sa mère.

Sir Williams avait repris sa place.

— Oui, déjà, miss Nelly, dit-il avec une obéissance dont on lui tint compte; il est des sentiments qui ont à leur naissance toute la ferveur
des choses consacrées par le temps et la réflexion, et si je trouve chez vous une âme pure
des vices de ce monde, vous en trouverez une
chez moi que nul désenchantement n'a pu
encore blesser. Tout enfant, j'ai connu les

dangers et la fatigue ; la mer a presque toujours été mon élément, et quand j'ai vu la société telle que l'ont faite l'orgueil et l'égoïsme,
je me suis félicité de mon rude métier. Je ne
vous connaissais point, Miss, j'ignorais alors
que l'égoïsme à deux était une vertu et un bonheur à la fois... Dois-je vous bénir de me l'avoir
appris ?

— Ma mère serait bien généreuse de vous répondre pour moi, dit miss Nelly en baissant
son limpide regard, que cherchait celui de sir
Williams.

— Mylord, dit mistriss Héléna, j'ai recueilli
avec terreur le premier aveu de ma fille, j'en
dois être l'écho. Je n'occupe plus seule son
cœur, et peut-être y remplissez-vous plus d'espace que moi.

Nelly baisa la main de sa mère... C'était un
pardon qu'elle implorait. Sir Williams avait
besoin d'air, il avait besoin de respirer à l'aise ;

il se leva, et demanda la permission de revenir dans la journée.

—Vous y serez toujours attendu, dit la mère.

— Vous y serez toujours désiré, dit la fille.

Pour cette fois, la pendule pouvait marcher lentement, on avait dans l'âme de quoi bien remplir les heures. Nelly, je vous l'ai dit, s'était tout d'abord effrayée de voir si près d'elle celui qu'elle croyait aimer, parce qu'elle craignait de ne point être payée de retour; mais qui nous assurerait qu'elle était certaine d'aimer après ce premier entretien? Nelly ne nous a pas fait une confidence bien franche à cet égard, aussi sommes-nous convaincus que notre doute n'est point une injustice, et que la joie de la jeune fille est double en ce moment parce que ces deux craintes sont désormais effacées.

Oh! comme elle aime sa mère depuis qu'elle aime tant son fiancé! On ose dire que l'âme suffit à peine à un tendre sentiment; on

la calomnie, et pour les douces émotions, elle se
fortifie à la lutte. Héléna et Nelly furent ou-
blieuses de Dieu ce jour-là, elles n'allèrent
point prier; mais leur reconnaissance, qu'était-
ce donc sinon des actions de grâce à l'Éternel? Et puis, elles pouvaient être absentes au
retour de sir Williams, et on ne voulait pas
le punir de la joie qui était entrée avec lui
dans la maison.

Lorsque le commodore revint, le soir, auprès de ses deux amies, il les trouva heureuses de l'attente et du retour. Ce furent encore
de ces tendres paroles qui disaient beaucoup
et pouvaient ne rien dire sans perdre de leur
valeur. En amour l'harmonie est tout, la pensée est le superflu, on écoute des sons, une
voix, qui disent toujours la même chose, qui
se répètent sans lasser, qui changent de forme
et de couleur sans jamais cesser d'être les
mêmes. Et puis, l'amour est une science; elle
s'apprend, on ne la sait que par l'étude, et

deux cœurs qui aiment pour la première fois épellent, si j'ose m'exprimer ainsi, les émotions qui les remplissent.

Cependant les heures marchaient, et quand celle du départ arriva, on se rappela qu'on s'était dit de part et d'autre une seule chose qu'on savait à l'avance : Je vous aime. L'époque du mariage, on ne l'avait point fixée, et c'était là pourtant le but intime des deux amoureux ; mais lorsque le présent est si bien rempli, songe-t-on à l'avenir ? Sir Williams et Nelly ne s'entendaient jamais mieux que dans le silence, leurs pensées se croisaient, claires et limpides, comme si l'un et l'autre leur donnaient un corps, et quand, à la porte du salon, le commodore baisa la main de sa fiancée, leurs regards échangèrent ces mots :

— A bientôt, pour ne plus nous séparer.

Il était nuit, la voiture de sir Williams l'attendait dans la rue, Nelly s'était accoudée sur la croisée pour entendre les premiers pas des chevaux.

Un coup de pistolet retentit.

— Ciel! un malheur! un crime!

La mère et la fille s'élancèrent... Le domestique et le cocher de sir Williams remontaient leur maître blessé à l'épaule.

— Rassurez-vous, Miss, dit-il d'une voix tranquille, les assassins ont la main peu habile, la blessure n'est pas dangereuse.

— Ce n'est pas vous qu'on a frappé, c'est moi! dit Nelly en fondant en larmes.

— J'ai reconnu la voix du misérable, poursuivit sir Williams, vous l'auriez reconnue aussi; c'est celle qui nous dit un si fatal adieu le jour où je vous parlai pour la première fois.

— Mon Dieu! mon Dieu! s'écria Nelly, je porterai donc malheur à tout ce qui voudra m'aimer!

— Remerciez le ciel, dit sir Williams, qui

vous a conservé une âme dont tout le bonheur est dans le vôtre.

Tandis qu'aidée du domestique, mistriss Héléna ôtait l'habit de sir Williams, lavait doucement la plaie et enveloppait son épaule d'un linge blanc et fin, le cocher était parti pour aller chercher un docteur. Il arriva; sa première parole retentit comme une bénédiction dans l'âme de Nelly : la blessure était peu dangereuse, mais le repos était commandé, et si la maison de mistriss Héléna pouvait être habitée par sir Williams, le docteur répondait des jours du blessé.

On ne parla plus au malade, mais on écouta toute la nuit à sa porte, on fut plus audacieux le lendemain, on brava la défense du docteur, qui en arrivant n'eut pas le courage de gronder, car le coup de pistolet n'était pas même aussi grave qu'on l'avait craint d'abord.

Cependant la justice fit son devoir, elle chercha fort activement les coupables, mais ses investigations furent infructueuses, et l'assassin demeura inconnu.

La maison de Nelly était devenue celle de sir Williams, ses chastes amours en avaient fait un temple que ne souillait aucune pensée de trahison, et maintenant que le péril n'existait plus, on se serait presque félicité de celui qu'avait couru le commodore.

Lui, Héléna et Nelly s'étaient assis bien près l'un de l'autre autour d'une table à thé ; ils parlaient des choses passées, comme si le présent était épuisé pour eux, quand le commodore, prenant dans sa main celle de sa fiancée, lui dit :

— Vous savez, Miss, le danger que nous avons couru tous deux, il nous reste un moyen efficace pour échapper à de nouveaux crimes, et ce moyen est dans notre bonheur commun. La lâcheté, la jalousie, peuvent chercher à rompre des nœuds qui ne sont point formés encore ; mais dès que le ciel aura parlé, le crime per-

dra son audace, et le voyage que je projette
donnera le temps à nos ennemis de nous oublier.

— Vous savez, sir Williams, si mes vœux
sont moins fervents que les vôtres ; mais pourquoi ce voyage? Des souvenirs douloureux retiennent ma mère à Londres, et si vous voulez
écouter les confidences que jusqu'ici vous avez
refusé d'entendre, peut-être ne vous éloigne-
rez-vous pas d'une ville où des devoirs bien
sacrés nous enchaînent.

— Je vous l'ai dit, belle miss, les confidences que vous me promettez, je ne veux les
entendre qu'après notre mariage ; quelles
qu'elles soient, elles ne peuvent affaiblir ni
mon estime ni mon amour, et je tiens à vous
en donner une nouvelle preuve dans le silence
même que je réclame de vous.

—Vous avez toujours de nobles paroles pour
vos amies et il faut bien se soumettre à vos désirs,

puisque vous priez comme les autres ordon-
nent.

— A quand cette heureuse union?

— Qui donc repousse le bonheur, lorsqu'il
vient à nous avec toutes ses réalités?

Tandis que tout se prépare chez le commodore Williams pour son bonheur et celui de
miss Nelly, tandis que les divers incidents de
leur vie se déroulent à nos yeux, dans l'attente
d'une ivresse qui ne peut plus échapper à nous,
historien des hommes et des choses qui se rat-
tachent à l'un ou à l'autre, nous avons à poursuivre des récits commencés, à les rattacher
à ceux-ci dans l'intérêt du drame dont nous
suivons les péripéties, et c'est maintenant que
nous espérons faire marcher de front les divers personnages que nous vous avons présentés. Les passions, les événements les ont
séparés : doivent-ils se rejoindre? Nous allons
le savoir.

# CHAPITRE X.

---

## LA REPRESENTATION ROYALE.

## LA REPRÉSENTATION ROYALE.

L'Angleterre est un peu chinoise sous le rapport de ses habitudes et de ses mœurs ; elle les garde avec religion, avec fanatisme, et vous aurez beau la flétrir par une injurieuse épithète, elle ne saura jamais s'en émouvoir. Ce qu'elle a aimé une fois, elle se pique de l'aimer aujourd'hui, fût-ce un ridicule, une utopie, un vice ; car elle pense que le changement est un sûr avant-coureur d'une dissolution prochaine. Qu'importe à l'Angleterre qu'elle soit bien, pourvu qu'elle soit ?

Ne touchez point à ses principes, pour peu que vous vouliez vivre en paix avec elle ; et, je dis plus, si vous vous armez contre une des monstruosités de sa législation tout exceptionnelle, soyez certain qu'elle la respectera, non point parce qu'elle vous donne raison, mais avant tout parce qu'elle tient à ne pas se donner tort.

Les brusques transitions sont des impossibilités, les éternelles lenteurs sont des habitudes de la Grande-Bretagne, et ce peuple qu'on appelle penseur, sans doute parce qu'il panse ses chevaux, selon la spirituelle réplique d'un de nos rois à un sot courtisan, ce peuple, disons-nous, veut rester stationnaire dans ses institutions, parce que chez lui l'orgueil marche toujours la tête haute et le fouet à la main.

On croirait qu'il lui faut un contre-poids pour
principe de son existence; et le voilà le plus
mercantile, le plus spéculateur, le plus rapace
du monde, en même temps qu'il en est le plus
vaniteux, le plus aristocrate, le plus insolent.

Zambala écrivait l'histoire des hommes pour
l'éducation de son pays auquel il songeait toujours : il épuisait contre eux ses fougueuses
colères, et il se sentait rapetissé dans cette conviction, que même en punissant, il ne change-
rait pas l'ordre des choses. Il avait acquis des
forces au combat; après avoir accepté dans son
âme l'office de bourreau, son ambition était
maintenant à peine satisfaite par le métier de
législateur.

C'était une représentation royale.

Zambala savait que la plus haute noblesse et
la finance la plus aristocratique de la Grande-
Bretagne, qui n'ont presque jamais que des
passions d'épiderme et des liaisons où leur va-

nité plus que leur amour trouve son profit,
Zambala, disons-nous, avait compté sur cette
solennité pour laquelle il s'était procuré à
grands frais plusieurs loges chez les publicher
de la grande ville où on se les disputait à coups
de guinées. Vous devinez que Biaggini ne man-
quait point à l'appel, et que plusieurs de ses acolytes, vauriens par état, se trouvaient également
dispersés dans la salle. Pourquoi cet appareil
de forces occultes? Cela est simple à expliquer,
et à Londres où l'on se ruine pour une jument,
on se ruine aussi pour une actrice. Les bank-
notes rapiècent les collerettes déchirées, les
dentelles, les velours, les diamants couvrent et
inondent les idoles de la foule, et si nous étions
dans nos jours d'indiscrétion, nous nous ferions
l'écho sévère des confidences de Biaggini, qui
nous dirait au juste combien a coûté le dernier
collier de mademoiselle Scheffer et les boutons d'oreilles de mademoiselle Plumkett, syl-
phide aux yeux vert de mer jouant avec la

brise, comme si elle était de la même famille.

A Londres, on a une maîtresse comme on a un hôtel : il faut bien que la noblesse et la finance soient logées.

Or, Biaggini sous les ordres de Zambala planait sur les divers incidents de la représentation royale ; et ces incidents devaient le guider dans ses recherches. Là-bas, toute reine a ses couronnes et sa cour ; celle-ci se compose des seigneurs et maîtres actuels et des dominateurs à venir. A Londres, l'intelligence des jambes est la seule dignement appréciée ; on se cache lorsque l'on traîne seulement le char d'une cantatrice ou d'une tragédienne célèbre ; on se glorifie quand on est sous le charme d'une médiocre danseuse.

La sagesse est là.

Et d'abord une petite anecdote sur le passé ! La digression est permise au romancier qui cherche l'instruction et l'amusement à la fois.

Le roi paraît, la foule jette un regard et dé-
tourne la tête. C'est que la foule est méthodi-
que, elle veut qu'on la prévienne, elle attend
le jour du gala, de la fête, de la pendaison, du
meeting, comme elle attend son dimanche, sa
Pâque ; la foule n'aime pas l'imprévu ; et cela
parce qu'elle est stupide.

L'homme a de l'esprit, les hommes sont des
sots ; l'homme est raisonnable, les hommes
sont des fous ; une bicoque suffit à un homme,
il faut à tous un immense Bedlam... Il y a ici
de l'air, de l'espace, un riche horizon, des
fleurs, de la verdure, des eaux transparentes ;
l'homme y va, les hommes s'en éloignent. Il y
a là-bas un sol raboteux, un ciel bas et terne,
de hautes murailles qui emprisonnent le dehors,
si je puis m'exprimer ainsi ; les hommes vont
là-bas, et l'on croit à la perfectibilité de l'espèce humaine.

Pourquoi ces choses, et non pas d'autres ? parce que la démence est citoyenne de l'univers : ne

cherchez pas d'autres causes, et voilà pourquoi
aussi vous voyiez, il y a quelques années, la
foule hébétée prendre la même direction et
courir vers Saint-James-Park et le théâtre
royal; car Georges III avait fait annoncer qu'il
assisterait à la représentation du 4 du mois de
septembre, et le peuple de Londres, les oisifs,
les grands de la vaste cité se ruaient les uns
sur les autres pour voir passer le cortége.

On avait précisé dans les feuilles publiques
l'heure de l'arrivée du roi. A sept heures Sa
Majesté devait entrer dans sa loge...

Le voilà ! Le voilà !!! la tourbe haletante
s'échelonne. Hommes, femmes, enfants, sont
portés les uns sur les autres; c'est une pyra-
mide immense de têtes d'où s'échappe en
longs éclats le cri national, *God save the King !*

Chez les Anglais, *Vive le roi* ne veut pas
dire vive le monarque qui gouverne, il signifie
tout simplement Vive la Royauté. En Angleterre, outre les cultes religieux, qui sont en

grand nombre, il en existe trois bien distincts
contre lesquels nul homme du peuple, nul
négociant, nul banquier, nul gentleman ne
proteste ; ce sont les cultes des chevaux, du
porter, de la monarchie ; et c'est dans la
Grande-Bretagne surtout que la formule : *le
Roi est mort, vive le Roi* est une vérité.

La salle était comble. Georges entre dans sa
loge, et au lieu du *God save the King,* par lequel il avait été accueilli jusque-là, il est salué
par de violents sifflets qui font crier les voûtes
du vaste théâtre. Le roi surpris se tourne vers
la foule et cherche à s'expliquer la cause d'un
si épouvantable accord, ou plutôt d'un accord
si menaçant, il lève la main, il demande un
moment de silence, il questionne les loges et
le parterre, une voix de stentor lui crie :

— Votre Majesté est en retard.

Le roi tire sa montre, s'assure que le reproche est fondé, il est arrivé huit minutes
après le moment indiqué, il baisse la tête et

accepte la leçon... Aussitôt les acclamations
se font entendre, chaudes, amicales et respec-
tueuses à la fois. On entonne le grave *God save
the King*, et la paix se signe entre le peuple, les
grands et le souverain.

A aujourd'hui maintenant.

Le canon retentit, la reine Victoria sort de
son palais de Saint-James... Pourquoi donc
les éclats de la foudre à l'arrivée ou au départ
d'un souverain ? Est-ce que son approche est
un signal de destruction. Voici le cortége royal
aux alentours duquel le peuple se groupe avec
des cris de joie pareils à des hurlements : bien
des gens ici n'ont pas dîné.

— Voyez, voyez comme elle est belle, disaient toutes les bouches, comme elle est im-
posante, disaient tous les yeux qui se baissaient
de peur de l'outrager.

Les torys sont au pouvoir; elle est l'ennemie
des torys, n'importe, elle ouvre le cortége, elle
précède sa royale amie, et le peuple salue la

noble et radieuse duchesse de Sutherland par les plus vives acclamations.

God save the Queen! La reine vient d'entrer dans sa loge suivie du prince Albert : les hauts dignitaires, les grands et la foule agglomérée sont debout, et les artistes sur le devant de la scène entonnent le chant national. Tout cela est grave, imposant comme un sacré, tout cela vous jette à l'âme de profondes émotions, alors surtout que fouillant dans les pages sanglantes de l'histoire de la Grande-Bretagne, vous trouvez si voisins l'un de l'autre, le trône et l'échafaud.

La voix de Lablache descendant trois notes au-dessous du tonnerre avait fait vibrer tous les échos du théâtre, et Victoria, heureuse de son professeur, applaudissait avec une voix d'enfant. Le gosier de Persiani avait provoqué les rossignols les plus joyeux des trois royaumes ; c'étaient des bravi frénétiques, des trépignements d'enthousiasme dont la reine elle-même donnait le signal.

La salle offrait le coup d'œil le plus imposant. Là se trouvaient les ministres et seigneurs de la maison de la reine, l'aristocrate Robert Peel, aussi vaniteux que lourd et massif ; Lyndhurst, le chancelier colère, l'orgueilleux et sot Buceleugh, H. Goulburn, bouche-trou ministériel par rang d'ancienneté, homme hypocrite et faux qu'on pourrait à juste titre nommer le Jacques Ferrand du ministère ; sir J. Graham, impudent Macaire dont sir E. Knatchbull est le Bertrand ; Stanley, apostat politique, bourreau des Irlandais par le cœur, ne pouvant l'être de fait ; l'antique et décrépit Wellington, auréolé d'une gloire aussi fade et terne que lui ; J. Peel, célèbre parmi les sportmen et par ses floueries ; le grand écuyer comte de Jersey, le maître du chenil comte de Rosslyn, les chevaliers d'honneur marquis d'Osmond, comte de War-

wick, comte de Hardwicke, et lord Byron, vé-
ritables nullités politiques.

Là s'étalaient aussi les banquiers Barclay,
Bornard, Child, Baring dont on salue avec
amour l'honneur et la probité; Rothschild, ce
dieu de l'or qui a des temples, des églises et
des synagogues partout; sir C. Scott, sir J. L.
Goldsmid, dont nulle secousse politique ne peut
ébranler le crédit basé sur une bonne foi héré-
ditaire : les nobles pairs d'Angleterre étaient
également présents. Lord Brougham, qui ja-
dis... mais hélas! lord Beaumont, partisan du
sublime libérateur de l'Irlande, le duc de Buc-
kingam, célèbre par ses dettes, le duc de Cambridge, oncle de la reine, lord Haddington et
le marquis de Camden, citoyens justes et pleins
de loyauté, Clanricarde et le comte de Devon,
vrais gentilshommes des pieds à la tête, esprits
élevés, cœurs droits et nobles. Cottenham,
l'ancien savant jurisconsulte, lord Dincorben,
espèce de mannequin dont le plus grand bon-

heur est de servir de figurant dans les fêtes
publiques, lord Eglentoun, le chevaleresque
amateur des tournois, lord Glenelg, connu à
Londres par son esprit lourd et endormi, Mel-
bourne le jésuite, le comte de Minto, ministre
actif sous les wighs, les comtes de Waldgrave et
de Watesford, qui entreraient volontiers dans
un palais de roi une cravache à la main, le comte
de Shrewsbury, catholique pieux et charitable
qui s'est fait gloire de reconnaître ses torts envers O'Connell, et une foule d'autres grands
seigneurs que leur peu d'intelligence rabaisse
au-dessous du noble vulgaire, et qu'on n'entend jamais parler à la chambre des lords.

Enfin, Biaggini qui planait seul dans sa loge.

Le ballet remplaça l'opéra, les merveilles du
chant firent place aux merveilles de la danse...
Oh! alors le délire n'eut plus de bornes, Elss-
ler, reportant la foule à Varsovie avec la craco-
vienne, la conduisait à Madrid et au Brésil avec
sa cachucha... La belle Stephen enivrait les

III.                                       16

connaisseurs par sa grâce et ses poses pleines
de noblesse. A son tour, mademoiselle Plumkett se montre, elle tourne, elle part, son pied
glisse, elle tombe, elle est debout....Ainsi descend le duvet quand le zéphyr l'abandonne.

La reine pousse un cri et jette son bouquet,
mademoiselle Plumkett est tout heureuse de
sa chute. Mais Cerrito s'élance, elle est ici et
là en même temps, elle bondit, elle tourbil-
lonne; de toutes les loges on lui présente des
fleurs, des couronnes; elle monte, les prend et
descend avec elles... La salle éclate et les rêves
des mythologistes sont réalisés : on croit à
Flore et à Zéphire.

La reine était partie, la cour et les grands
du royaume avaient accompagné la voiture
royale, la foule stationnait toujours devant le
théâtre. Tout à coup un cri douloureux retentit.
Un homme tombe frappé à la poitrine... l'assassin s'ouvre un passage et s'échappe. On ne

pense à lui que lorsqu'on ne peut plus l'atteindre.

Un cadavre est relevé, les policemen veillent
et interrogent les physionomies, et ils remer-
cient les bras généreux qui portent le gentilhomme dans le bureau de police le plus voisin.

— J'ai vu fuir le meurtrier, dit l'un des por-
teurs qui venait de se nommer et qui s'appelait Biaggini, je le reconnaîtrais si je me trouvais en sa présence. Son front était bas, ses
yeux petits, éraillés, ses cheveux noirs et bou-
clés. Il avait une redingote bleue, un gilet et un
pantalon blancs.

On recueillit ces renseignements, on demanda l'adresse du témoin dont une barbe
épaisse ombrageait le menton, et quand le lendemain la police se transporta au domicile indiqué, on reconnut les renseignements inexacts;
personne dans la maison ni dans la maison
voisine n'avait connu Biaggini.

Huit jours après on portait un cadavre à Highgaté. Le fils de lord B... était tombé d'un coup de poignard au cœur.

Une grande famille venait de s'éteindre par ce meurtre, et la noblesse apprit bientôt avec une grande joie que l'assassin avait été arrêté.

# CHAPITRE XI.

## OTE-TOI DE LA QUE JE M'Y METTE.

C'est le solitaire
Qui voit tout,
Entend tout.

*Vicomte d'Arlincourt.*

## OTE-TOI DE LA QUE JE M'Y METTE.

—

La noblesse s'émut au crime qui venait d'être commis ; la police se fit Briarée pour saisir le coupable, et comme on n'en trouvait pas un, on en arrêta plus de vingt ; cela se pratique toujours ainsi dans les pays civilisés.

Cependant de graves soupçons planaient sur un homme dont le signalement exact était

donné dans les feuilles publiques; on promet-
tait une forte récompense à celui qui fourni-
rait d'utiles renseignements à l'autorité judi-
ciaire, et l'on apprit enfin que l'assassin de
lord B..., reconnu par vingt témoins prêts à
déposer sous serment, était enfermé à New-
Gate.

De ce moment toute la ville eût pu être in-
terrogée, car chacun avait une petite anecdote
véritable à raconter sur le meurtrier que l'on
connaissait à merveille, et qui n'en était point
à son coup d'essai. C'était un grand, un petit,
un long, un court, un trapu, un rouge, un pâle,
on ne pouvait s'y tromper, on allait voir enfin
un scélérat flotter bientôt à l'air, et l'on
était dans l'enivrement de penser que le jour
du châtiment ne se ferait pas attendre. C'est
là une observation fort curieuse à faire,
que lorsqu'un criminel est signalé à la vengeance des lois, tout le monde voudrait l'avoir
vu, s'être promené avec lui, l'avoir convié à sa

table, avoir amicalement pressé sa main. On
est presque honteux de ne connaître aucune
petite historiette à dire sur son compte, et,
pris en défaut par les documents authentiques
qui manquent, on imagine de spirituels et co-
quets romans parfaitement propres à égarer
la justice et à charmer l'ennui des longues
soirées. Sous le Quadrant et dans les environs,
des groupes se formaient, chauds, animés, on
hâtait l'heure de l'exécution et l'on accusait la lenteur des juges qui, disait-on, com-
mençaient à douter de l'identité du coupable.
O trois fois malheur à eux s'ils ne demeuraient
pas convaincus ; il y a longtemps que le bourreau se repose, il vole l'État, un métier qu'on
ne remplit pas ne doit pas être rétribué.

Une douzaine de désœuvrés causaient dans
un public-house de Coventry, et se racontaient
les divers incidents du drame où le fils de
lord B..... avait joué un si déplorable rôle.

— Savez-vous, dit l'un d'eux, qu'on at-

tribue à une légitime vengeance le coup de
poignard qu'il a reçu ?

— Quel rapport, dit un voisin, pouvait-il
y avoir entre ce gentilhomme et un manant ?

— Mais si ce manant avait une sœur, répliqua le premier.

— Eh bien ! est-ce que le fils de lord B.....
l'aurait enlevée ?

— On le dit.

— Il fallait lui faire payer une forte amende
et non le tuer ; sa vie aurait plus rapporté que
sa mort.

— Ah ! que le peuple est peuple, dit un autre bavard ; cet imbécile aurait eu au moins
deux ou trois cents guinées à lui tout seul,
tandis que le plaisir de la pendaison déjà si
court, il sera condamné à le partager avec
quatre ou cinq mille vauriens.

— C'est vrai, dit celui qui avait entamé la
discussion et qui n'était autre que Biaggini; mais
savez-vous ce qu'on ajoute encore ? c'est que

le prisonnier proteste vigoureusement de son innocence, et que, jusqu'à présent, pas un des témoins ne l'a parfaitement reconnu.

— Allons donc, Biaggini, vous êtes dans l'erreur, tous sont d'accord, le coquin ne peut nous échapper. On dit même qu'il a demandé le coroner pour lui faire des révélations.

Le verre de Biaggini tomba de sa main et se brisa ; mais son visage resta froid et impassible.

— Voilà l'Italien qui ne sait plus boire, dit son voisin, il n'a pas même la force de porter son verre de Xérès à ses lèvres.

— Que vous importe, pourvu que je vous le verse, et que je parle ?

— Écoutez donc, on aime à faire la besogne à deux.

— C'est vrai, dit Biaggini. Mais à propos, poursuivit-il, savez-vous qui défend ce scélérat ?

— Oui, on dit que c'est sir Gordon ; il est

adroit, habile, éloquent, mais s'il le fait acquit-
ter, je l'assomme.

— C'est cela, dit Biaggini, nous assiégerons
sa maison que nous mettrons en miettes.....
Où demeure-t-il?

— Old-Street, il a déjà sauvé de Botany-
Bay, un de mes amis les plus intimes.

— C'est là un grand coquin.

— Qui? mon ami? dit le bavard, d'un ton
furieux.

— Non, c'est de sir Gordon que je parle. A
propos, dit Biaggini, savez-vous ce qu'on m'a
raconté hier à la Cité?

— Non. Qu'est-ce donc?

— Que Georges Oxlay, le policeman, était
retrouvé.

— Vrai?

— Vrai.

— Vrai?

— Un de ses camarades m'a dit l'avoir reconnu.

— A la santé de Georges !

Après ce toast, les bavards se séparèrent ; Biaggini avait appris ce qu'il voulait savoir.

Le soir, on le vit se promener sur le trottoir de Old-Street, et causer familièrement avec cinq ou six promeneurs habituels de Leicester-Square et de ses environs. Que faisait-il là ? Nous le saurons peut-être plus tard.

Tandis que la police activait ses perquisitions, l'homme arrêté n'oubliait rien non plus pour se défendre contre une accusation qu'il repoussait à l'aide d'un alibi que rien encore n'avait pu justifier. Dix témoins, confrontés avec lui, le reconnaissaient ou croyaient le reconnaître ; ses énergiques dénégations combattaient seules tant de témoignages accablants ; et le pauvre prisonnier voyait bien qu'il ne pourrait sortir vainqueur d'une lutte où sa parole n'aurait aucun poids.

Cependant il avait demandé un défenseur : sir Gordon accepta la mission ; une permission de voir le prisonnier et de s'entendre avec lui sur les moyens de défense, lui fut accordée; et un matin, après l'avoir présentée au directeur de la prison, il entra dans le cachot de Peters Addeston, où il resta pendant plusieurs heures. Nous ignorons ce qui fut dit pendant cette longue entrevue; toujours est-il qu'en repre- nant sa permission, l'avocat fit entendre ces paroles :—Voilà un bien grand misérable; on ne peut le défendre qu'en le recommandant à la clémence royale !

— Il vous a donc fait des aveux ? demanda le directeur.

—Permettez-moi, répondit sir Gordon, de garder ses confidences pour moi seul; mais, je vous l'atteste, Monsieur, il est des occasions où les nobles fonctions de l'avocat deviennent bien lourdes à exercer.

— Votre réputation est si connue !

— Eh bien! que peut l'éloquence contre l'é- vidence des faits? Trente voix accusent ce mi-

sérable ; puis-je opposer un seul argument à
tant de témoignages qui ne sont tous que des
accusations...? Mais, pardon, Monsieur, c'est
dans huit jours que se juge l'affaire ; à peine
ai-je assez de temps pour chercher à prouver
l'alibi invoqué par mon client, et en faveur duquel, hélas ! je parlerai sans conviction.

Comme cette affaire continuait à occuper les
esprits, comme chacun s'intéressait aux gestes,
aux pensées de celui qui était destiné à la corde,
tout Londres sut bientôt les paroles que le défenseur de Peters Addeston avait dites au directeur de la prison, lors de sa première visite ;
et les amis de cet avocat distingué qui lui
avaient offert leur aide, allèrent le voir, afin de
s'assurer si, en effet, nul espoir ne restait à
l'accusé. C'était le soir même du jour de cette
entrevue. Ils frappèrent et montèrent chez
leur collègue ; mais, dans l'antichambre, un
vieux domestique leur apprit que son maître
n'était point visible.

—Allez lui dire que ce sont trois de ses amis, de ses confrères.

— Monsieur a expressément défendu qu'on le dérangeât.

—Il vous punira de ne pas nous avoir obéi.

— Mais, Messieurs, j'ai voulu tout à l'heure entrer dans son cabinet ; j'ai frappé ; Monsieur n'a pas même daigné me répondre... C'est que ces messieurs ignorent peut-être que mon maître est chargé de la défense du scélérat qui a assassiné le fils de lord B.....

— Nous le savons.

—Ce matin, quatre messieurs qui avaient quelques confidences à lui faire sur le meurtre et le meurtrier, sont venus en toute hâte ; ils se sont enfermés pendant très-longtemps avec mon maître ; et ce sont ces messieurs qui, en sortant, m'ont ordonné, de la part de mon maître, de ne point le déranger.

—Vous ne lui avez point parlé depuis lors ?

— Non, Messieurs.

—Je vais frapper, moi, me nommer, et bien certainement il me répondra.

On eut beau frapper, nul bruit ne s'échappa du cabinet de sir Gordon ; seulement, en approchant l'oreille de la serrure, on crut entendre une sorte de gémissement, un faible râle qui ne permit plus aux trois amis d'attendre. Ils appelèrent cependant encore, et le même bruit arrivant jusqu'à eux, ils réunirent leurs efforts à celui du domestique, et la porte fut enfoncée... Rien! personne!... Ils passent du cabinet dans la chambre à coucher de sir Gordon ; ils regardent, ils fouillent ; et, sous la couverture du lit, ils trouvent leur ami, les pieds et les mains liés au bois, et la bouche fermée à l'aide d'une serviette qui lui ôtait la possibilité de se faire entendre et qui allait l'étouffer.

On le délia, on lui prodigua les soins les plus empressés ; et ce ne fut que deux heures après

III.                                    17

qu'il put raconter le guet-à-pens dont il avait
été victime.

—Quatre hommes dit-il, sont venus ce matin pour me donner quelques renseignements
utiles, à la cause que je dois défendre; ils
m'ont demandé si j'avais vu l'accusé, je leur
ai répondu que je n'avais reçu la permission de
causer avec lui que la veille au soir, et que je
me disposais, à leur arrivée, à me rendre dans
sa prison.

Làdessus, les quatre coquins se sont rués
sur moi, m'ont mis dans l'état où vous m'avez
trouvé, ils ont fouillé partout, et ont disparu
en fermant la porte sur eux.

— C'est là en effet, un épouvantable guet-
à-pens, dit l'un des amis de sir Gordon; il
faut à l'instant même porter plainte et faire
ordonner des recherches. Toute cette affaire
est mystérieuse et terrible à la fois, nous sommes ici; disposez de nous.

On se disposait en effet à rédiger une plainte

au coroner, lorsque trois coups retentirent à
la porte du cabinet.

— Entrez.

— Lequel de vous, Messieurs, est l'avocat
du scélérat Peters Addeston…

— C'est moi, Monsieur.

— Pardonnez-moi, Monsieur; mais je ne reconnais pas votre seigneurie.

— Où m'avez-vous vu, et que me voulez-
vous?

— Je suis un des principaux gardiens de la
prison de Newgate, et comme, ce matin, vous
avez oublié votre permission en sortant, je
viens vous la rapporter, Monsieur; la voici.

— Les misérables! s'écria l'avocat, je suis
sûr que l'un d'eux a pris ma place avec cette
permission…

— Qui donc? demanda l'étranger en s'as-
seyant, il faut que ma responsabilité soit à
couvert, parlez, je vous en prie.

— Sachez donc, Monsieur, ce qui m'est arrivé.

L'avocat raconta au gardien de la prison la scène que vous connaissez déjà et , celui-ci voulut qu'à l'instant même, une accusation fût formulée et portée à l'autorité.

— Elle est rédigée, Monsieur.

— Pardon; mais je voudrais un double de cet acte, afin de le montrer à mon chef.

—Qu'à cela ne tienne, Monsieur, on va vous le donner... Mais êtes-vous bien sûr au moins que le prisonnier ne se soit point échappé?

— Il est confié à ma garde spéciale, Messieurs, et l'on ne sort de chez moi, d'ordinaire, que pour aller danser à Newgates ou à Tyburn.

Dès que l'acte fut copié, dès que le gardien de la prison l'eut enfermé dans son portefeuille, il salua les avocats réunis et sortit.

Le lendemain, le docteur se rendit à la prison, il demanda le gardien d'Addeston; on le lui indiqua, mais ce n'était pas celui qui était venu le voir la veille.

Zambala pendant quarante-huit heures ne sut point ce qu'était devenu Biaggini..... où pouvait-il être ?

# CHAPITRE XII.

——

## LE JUGEMENT.

A mort !

*Les Plaideurs,*

RACINE.

## LE JUGEMENT.

Suivons la foule haletante qui s'amoncelle, et disons les dramatiques événements qui se déroulent au milieu du calme et des émotions populaires.

Un épouvantable crime avait été commis, vous le savez, le 2 septembre, en face du théâ-

tre de la reine, quelques instants après le départ de Victoria saluée par les acclamations de
la multitude.

Un gentilhomme était tombé frappé d'un
coup de poignard, et la stupéfaction avait été
si grande qu'on avait presque ouvert passage
au meurtrier.

Deux hommes s'étaient élancés loin de la
masse compacte contenue avec peine par les
policemen; quelques personnes les avaient sui-
vis du regard. On entoura, on releva le cadavre, et ce ne fut que deux jours après, sur la dé-
nonciation de quatre témoins oculaires du crime,
qu'on arrêta, sous le Quadrant, un homme
jeune encore, qui se promenait gravement les
bras croisés, le front haut, l'œil assuré. Tous
les quatre le reconnurent, tous les quatre furent prêts à attester par serment que celui qu'ils
venaient de faire arrêter était un des assassins du gentilhomme frappé à mort devant le
théâtre.

L'instruction eut lieu; mais on lui supposait un complice, car deux hommes avaient fui presque côte à côte après l'assassinat, et le crime avait été si rapide, qu'on ne pouvait guère supposer qu'il n'y eût qu'un seul coupable.

Ce coupable dont la foule avide voulait voir les traits, il était là, sur la haute sellette, en présence de ses juges, en face de ses accusateurs qui demandaient sa vie. Et cependant, sa figure était calme, impassible, son œil presque inattentif parcourait négligemment l'enceinte de la vaste salle où le silence venait de s'établir.

Ici, trois juges, leur président, là, le jury avec quatre avocats, ceux de la reine ; devant eux quatre avocats opposés, ceux de l'accusé, qui ne songe pas même à les regarder, tant il paraît tranquille sur son sort. S'il s'était adressé tout d'abord aux premiers, les places eussent été changées, l'éloquence aurait fait volte-face, et chaque conscience eût couronné comme un

martyr celui dont on allait prouver la scélératesse. Ainsi l'ont arrêté les pays civilisés,
ainsi le veulent nos usages et nos mœurs contre lesquels une voix plus éloquente que la
nôtre serait sans puissance.

Rien n'est plus curieux au monde pour le
moraliste qu'une cour d'assises, alors qu'on
y discute le problème de la vie d'un homme,
alors que par la pensée on voit se dresser la
guillotine ou se préparer la corde qui fera pla-
ner le cadavre sur la foule satisfaite.

Mais, à Londres surtout, le tableau offre encore un plus vif intérêt que partout ailleurs, car
tout y est opposition et contraste. Les avocats
de la reine y sont les vrais accusateurs; ils se
dressent, ils font retentir une voix menaçante à
laquelle répondent d'autres voix protectrices :
c'est un combat à la parole, une joute à mort,
c'est si j'ose m'exprimer ainsi, un cliquetis
continu d'arguments présentés avec plus ou
moins d'adresse, repoussés avec plus ou moins

de logique. Les questions les plus pressantes, les regards les plus provocateurs sont échangés avec une profusion qui tient du délire, vous diriez les transports frénétiques d'une conscience indignée et convaincue, vous croiriez qu'en sortant de là, deux adversaires acharnés vont se prendre corps à corps et se déchirer à belles dents.

La parole est le vêtement de la pensée, l'éloquence en est le glaive; cette vérité pourtant n'est pas exclusive, et il n'arrive que trop souvent, au barreau surtout, champ de bataille aux rapides émotions, que le vainqueur est celui que la lutte a le moins fatigué : c'est une affaire d'organe et de poumons.

Et voyez comme à Londres le magistrat qui préside les débats entend la justice et son devoir. Si l'avocat accusateur pousse un argument trop incisif à l'accusé, dont on exige une prompte réponse; s'il l'enferme dans un dédale où nulle issue n'est offerte au cou-

pable... — Prenez garde! s'écrie le président,
ne répondez pas à la question qui vient de vous
être faite, vous pourriez vous compromettre,
et dès ce moment tout espoir de salut vous
serait interdit.

Moralistes, zélés protecteurs de la société
menacée, ne vous hâtez pas de condamner le
juge qui comprend ainsi sa mission : tant d'innocents ont payé de leur vie l'imprudence d'une
parole irréfléchie sur laquelle tout retour a été
impossible! Mais si le prétoire est curieux à ob-
server et vous tient en haleine sur l'issue du
débat, étudiez la foule dont l'opinion se formule par tant de caractères. L'ordre des gens
de justice impose silence à la parole qui s'é-
chappe d'une poitrine émue; mais comment
dire au regard de ne point s'irriter, aux larmes
de ne point couler, à l'indignation de ne point
se trahir, à la pitié de ne pas se faire jour?
Si le jury jette un coup d'œil sur la foule, c'en
est fait de son opinion à lui, son arrêt ne lui

appartient plus, celui qu'il prononce est dicté
par la foule.

Et ne vous y trompez pas, cette masse compacte qui s'agite fébrilement autour de l'accusé, est cruelle jusqu'au moment de l'arrêt;
elle est venue là pour de poignantes émotions,
vous les lui devez, vous ne pouvez tromper ses
espérances, ou vous manquez à vos devoirs de
magistrat. Son œil fauve va du juge au patient
avec une avidité affamée ; l'assurance de l'accusé c'est de l'audace, son calme, c'est de
l'hypocrisie, son indignation, un sacrilége, sa
pâleur, le crime qui se promène dans le sang
attiédi de l'assassin. A cette foule avide il faut
une condamnation, une mort.

Eh bien ! l'arrêt est porté, la corde du bourreau se tendra sons le poids d'un cadavre...Dès
ce moment la foule proteste, les juges se sont
trompés ; encore une page à ajouter aux pages
déjà si nombreuses des erreurs de la justice.

Après la morale le récit.

L'accusé que la vengeance publique avait poursuivi de ses anathèmes, celui que la justice tenait là, sous sa main redoutable, l'assassin du gentilhomme avait répondu à toutes les attaques, à toutes les dépositions des témoins avec un sang-froid imperturbable. Nulle émotion n'avait trahi sur sa physionomie impassible les divers sentiments qui auraient dû l'agiter aux accablantes dépositions qui prouvaient son crime jusqu'à l'évidence; ses défenseurs, atterrés semblaient vaincus bien plus qué fatigués de la lutte; les juges demeuraient tristes comme avant l'accomplissement d'un redoutable devoir, et les jurés convaincus comprenaient qu'ils n'avaient plus qu'un arrêt de mort à porter.

C'en était fait du scélérat confondu, et le jury se retirait pour la forme derrière le fauteuil du président; le dernier mot de la justice des hommes allait sortir de la bouche du chef du jury, qui n'offrait pour refuge au criminel que la clémence infinie de Dieu, lorsque, se dressant pareil à un accusateur :

—Au nom du ciel, s'écria l'accusé Peters Addiston d'une voix retentissante, au nom de l'honneur, de la justice et de l'humanité, suspendez votre arrêt. Et vous, monsieur le président, qui avez dirigé ces tristes débats avec tant de sagesse, achevez votre œuvre, rendez à l'accusé sa robe d'innocence; je suis acquitté si vous daignez m'entendre.

Il y eut dans toute la salle un moment de silence solennel. La parole de l'accusé avait tant d'éclat, son geste tant d'éloquence, son regard tant de vie, que la conscience de bien des spectateurs en fut ébranlée, et que le président ordonna aux jurés de reprendre leurs places.

— Vous le voyez, dit-il à Peters Addiston, nous ne demandons pas mieux que vous sortiez vainqueur de cette dernière épreuve, la cour est prête à vous entendre : qu'avez-vous à dire? Nous écoutons.

III.                                    18

— Oh! merci, Monsieur, vous qui rendez
la vie à un honnête homme si malheureuse-
ment poursuivi, merci, monsieur le président ;
et maintenant, faites fermer les portes de l'au-
dience.

— Qu'elles soient fermées, dit le magistrat.

— Voulez-vous avoir la bonté d'ordonner
que ce grand monsieur qui est au fond de la
salle vienne à la barre ?

— Lequel ?

— Moi ?

— Moi ?

— Moi ? dirent quelques spectateurs avides
de figurer dans le drame.

— Non, non, c'est ce grand pâle dont la
redingote est bleue et le gilet blanc.

— C'est donc moi ?

— Oui, vous, Monsieur, veuillez approcher
et m'entendre.

— Je ne connais pas heureusement de scélérats qui vous ressemblent.

— Silence! dit le président ; n'insultez ni au malheur ni au crime, et approchez.

Le passage s'ouvrit, l'homme à la redingote bleue se trouva bientôt à quelques pas de distance de l'accusé ; le président lui ordonna de se tenir debout et de répondre aux questions qui allaient lui être adressées.

— Me reconnaissez-vous? dit l'accusé.

— J'ai déjà répondu que je ne fréquentais que d'honnêtes gens.

— Hélas! tant de coquins se mêlent parmi eux, que le cœur le plus droit et le plus réservé peut en être victime. Voyez, regardez-moi bien ; vous devez me reconnaître?

— J'ai beau fouiller dans mes souvenirs, je ne vous reconnais pas.

— Eh bien! je vais aider votre mémoire. Le deux septembre, ce jour-là même où le crime dont je suis accusé a été commis à Londres, n'étiez-vous pas, vous, à Douvres?

— Non.

— De grâce, recueillez vos souvenirs.

— Je répète que je n'étais pas à Douvres
le deux septembre, je n'y suis arrivé que le
trois..... Attendez pourtant, attendez, le deux,
c'était un mardi... cet homme dit vrai, j'étais
le deux septembre à Douvres ; mais qu'est-ce
que cela prouve ?

— Je vais vous le dire : j'étais sur le port
quand vous avez débarqué ; c'est moi, moi,
regardez-moi bien, qui me suis emparé de
vos bagages.

— Cela n'est pas vrai.

— Doucement, dit le président avec bonté ;
puisque l'accusé prétend qu'il vous connaît,
qu'il était à Douvres le deux septembre, qu'il
s'est emparé de vos effets, prenez cette feuille
de papier que le greffier va vous faire passer,
tracez-y les questions et les réponses qui pourraient servir à constater la vérité, et laissez-
moi poursuivre l'interrogatoire.

Le nouveau témoin obéit, et un instant après le président prit la parole.

— Accusé, vous avez dit avoir porté les effets du témoin alors que ce gentilhomme est arrivé à Douvres, le deux septembre?

— Oui, monsieur le président.

— Or, écoutez bien et prenez garde : j'ai là sous mes yeux les demandes et les réponses écrites; une seule erreur vous condamne : nous écoutons. De quoi se composaient les effets de Monsieur?

— D'une malle et d'un carton.

— Messieurs les jurés, la réponse de l'accusé est conforme à celle écrite par le témoin. Je poursuis : comment était cette malle?

— Je me le rappelle, carrée, en cuir verni.

— C'est exact ; qu'est-ce qui la distinguait?

— Pardon, monsieur le président, dit l'accusé avec tristesse; mais nous, gens de peine, nous allons souvent porter des malles, et quand on ne prévoit pas les événements, l'esprit ne s'attache guère à ce qui peut les faire naître.

— Il y va de votre vie, cherchez, fouillez dans votre mémoire.

— Attendez, attendez, j'y suis, s'écria Peters avec une sorte d'enthousiasme ; la malle était encadrée dans une double rangée de boutons jaunes et brillants.

— Messieurs les jurés, c'est encore exact..... Et sur le milieu, n'avez-vous pas remarqué quelque chose qui devait vous frapper ?

— Oui, oui, j'y suis encore ; toute cette matinée se réveille en moi, il y avait un chiffre, deux lettres... mais je ne *puis les préciser.*

— Tout cela est conforme à la déposition écrite. Achevons, et que les murmures de l'assemblée se taisent. Où avez-vous porté la malle de Monsieur ?

— A l'hôtel du prince de Galle.

— Messieurs les jurés, vous devez être heureux de n'avoir pas prononcé votre verdict.

— Et moi, monsieur le président, s'écria le

témoin avec une extrême véhémence, je vous
déclare que cet homme est un imposteur, et
j'ajoute que quelque hardi complice de son
crime l'aura instruit de tous ces détails, car
bien certainement ce n'est pas lui à qui j'ai
confié mes bagages.

— Par pitié, Monsieur, achevez de m'inter-
roger, et n'ayez pas la mort d'un homme à
vous reprocher à votre heure dernière.

Le témoin haussa les épaules.

— Je n'ai pas achevé, dit le président; écoutez; combien avez-vous reçu pour prix du
port des effets?

— Dites au témoin de me démentir, s'il en a le
courage, répondit Peters rouge d'indignation et
de colère; j'ai reçu deux schellings six pence.

— Toujours vrai. Messieurs les jurés, c'est
à votre sagesse que j'en appelle, c'est à vous
de décider si l'alibi vous semble prouvé.

— Un moment encore, s'écria le témoin,
d'un accent furieux, voici un argument sans

réplique : l'homme qui a porté ma malle à l'hôtel avait les cheveux rouges.

— Messieurs, qu'un expert s'approche, mes cheveux sont teints, ils étaient rouges alors, les voici noirs aujourd'hui, je les ai fait teindre par coquetterie.

— Mais il était plus petit que vous.

— Oh ! voyez bien, je vous en supplie, je suis sur une estrade élevée, c'est là une cause de votre erreur que le jury doit comprendre...

— Un moment, M. le président, ajouta le témoin qui semblait vouloir une condamnation ; il ne reste pas de refuge à ce misérable, et ma mémoire me vient en aide pour que justice soit faite. Le porteur de mes effets n'avait point de veste ; sa chemise était retroussée, et il avait au bras un cœur percé d'une flèche, entouré d'un dragon qui mordait sa queue.

— Messieurs, s'écria Peters en ôtant rapidement son habit, voici le bras tatoué, voici le cœur et le dragon.

Une parole de grâce échappa de toutes les poitrines du peuple ; le jury demeura convaincu, l'accusé fut acquitté, tant les preuves de son alibi demeurèrent évidentes.

Le lendemain, sur le trottoir d'Oxford-Street, deux hommes se rencontrèrent et cheminèrent familièrement bras dessus bras dessous.

— Eh bien, mon garçon, n'ai-je pas admirablement manœuvré ?

— Comme un César.

— Ou plutôt comme un Cartouche.

— Tu dis vrai ; mais que justice te soit rendue ; tu avais si bien préparé les événements !

Le plus difficile n'était pas de te priver de la cravate de lin.

— C'était cependant le plus important.

— Oui ; mais pour arriver là, il fallait d'abord te voir en prison ; c'est ce que tu as fait avec une incroyable adresse... Et maintenant quelle doit être ma conduite ?

— Deviens honnête homme.

— Le moyen.

— Tiens, voici quelques bank-notes qui pourront t'y aider.

— A la bonne heure, et merci !

— Adieu, Peters Addiston.

— Au revoir, Biaggini ! A propos, je me déshérite du nom de Peters Addiston, et je reprends celui de mes père et mère.

— Quel est-il ?

— Tu devrais t'en souvenir : le même que j'avais lors de la scène funèbre de Folly-Place.

— Tu es un imbécile, ta mémoire te perdra ; les honnêtes gens comme nous doivent toujours oublier le passé.

# CHAPITRE XIII

## LE CIMETIÈRE.

## LE CIMETIÈRE.

———

Un homme, une femme entre deux âges, bien
vêtus, cheminaient lentement, causant sans
doute du bonheur de leur foyer domestique.
C'était un calme dans les gestes, un calme sur
la physionomie annonçant une vie paisible,

deux âmes en repos, une béatitude à donner
envie à quiconque laissait un instant reposer
ses regards sur leur marche régulière comme
une montre de Bréguet.

Leur costume vous défendait de les prendre pour un quaker, pour une quakeresse dont
ils avaient pourtant les allures pieuses , mais
bien certainement vous auriez dit, en les étudiant de plus près : *Le remords n'a jamais
logé là.*

Une pluie fine, pénétrante, noircissait le sol,
se suspendait en perles diaphanes aux branches
à demi dépouillées des arbres de Saint-James-
Park et en faisait autant de riches écrins dont
les gnomes et les sylphes aiment sans doute à
se parer dans leurs nuits de saturnales amoureuses.

C'était une belle matinée d'automne, sans
nuages à l'air, sans brouillard sur la terre, un
peu triste pourtant, car toute décrépitude
fait mal à l'âme, mais vous remarquerez que

les cœurs corrompus, les vagabonds et les mal-
faiteurs sont les êtres les plus sybarites de la
terre, et qu'eux surtout bien plus que les honnêtes gens cherchent à se garantir des injures
des saisons. Leur bien-être avant tout, la société aurait trop à souffrir de l'affaiblissement
de leur santé.

— Dis donc, amie, fit un des deux personnages dont nous suivons les pas, en s'adressant à sa compagne rebondie comme un ton-
neau de bière, crois-tu cette place bien choi-
sie, espères-tu que nous aurons des auditeurs?
il est bien désagréable, je t'assure, de prêcher
pour quelques paresseux qui oublient les leçons de morale cinq minutes après les avoir
entendues.

— Que voulez-vous, Mylord... ?

— Tais-toi donc, enfant, ne me donne aucun titre si tu veux que j'en possède dix aux
yeux de la foule.

— C'est-à-dire des imbéciles, je comprends.

mais, mon ami, voulez-vous que je vous parle franchement ?

— Je l'ai toujours voulu, mon ange.

— Eh bien ! le monde est trop vicieux, trop pervers pour qu'il nous reste encore quelque espoir de le ramener dans la bonne voie.

Le dimanche, le saint jour du dimanche n'est plus maintenant dans cette vieille Angleterre, si dévote à ses anciens usages, un jour de sanctification, et il y a juste aujourd'hui une semaine, nous avons trouvé plus de vingt femmes ivres dans les allées de Regent-Park.

— Comment le sais-tu, puisque tu étais ivre comme elles?

— Comment sais-tu que j'étais ivre comme elles, puisque tu étais ivre comme moi?

— Silence ! femme, notre dignité aurait trop à souffrir de nos confidences si elles étaient entendues, et les incrédules que nous voulons convertir à la foi deviendraient athées à notre parole sainte.

—Vous avez toujours raison, mon maître, et je m'incline devant votre haute sagesse.

—A la bonne heure, voici un banc commode qui a reçu bien des confidences amoureuses ; qu'il entende aujourd'hui des paroles évangéliques : je vais le purifier.

Notre moraliste se percha sur la chaire en plein vent, éleva la voix appelant les fidèles, et bientôt une cinquantaine d'auditeurs furent acquis à l'apôtre de Dieu.

C'était un anathème foudroyant contre les paresseux et les ivrognes, un éloge pompeux de l'abstinence, de la charité, du travail ; et bien des consciences, après que le prédicant eut cessé de parler, allèrent délibérer comment elles s'y prendraient le lendemain pour ne pas trop prolonger leurs haltes dans les public-houses qui leur servaient de domicile.

— Comment m'as-tu trouvé aujourd'hui? dit à sa compagne en descendant de son trône l'éloquent orateur.

— Maître, vous vous êtes surpassé.

—Sous les arbres il pleut deux fois ; et c'est dommage, car j'aurais rendu bien des âmes au ciel , je me sentais en verve.

— Comment donc! mon doux ami, j'en étais tout attendrie moi-même, et nos pleurs ajoutaient à l'inondation.

— Flatteuse ! Et toi, qu'as-tu fait?

—Pauvre auditoire ! seigneur , répondit la grosse femme en se frappant dévotement la poitrine; c'étaient des gueux : aussi n'ai-je pu disposer que de quatre mouchoirs, d'une montre valant bien dix schellings et d'une tabatière sans aucune valeur.

— Il faut la rendre, amie ; le bien d'autrui n'enrichit jamais, et cette générosité nous portera bonheur.

—Oui; mais où trouver celui à qui j'ai dérobé ce bijou?

— Tu as raison, que la volonté de Dieu soit faite!

— A propos, mon doux ange, où allons-nous ce soir?

—Où le vent nous poussera ; mais, si tu veux que je te le dise, mon amour, je commence à me lasser du double, triple et quadruple rôle que je joue ; il ne va pas à ma taille de géant, l'horizon européen est trop rétréci pour mon ambition, j'ai besoin d'un plus vaste théâtre, j'ai soif d'espace, et, dois-je l'avouer, il me semble que j'ai besoin aussi de me reposer de mes hontes.

On a beau dire qu'un bon coup de collier tire un char embourbé de l'ornière, je crois qu'il faut plus que cela et que la persévérance le mettra seul dans la route unie. Soit lassitude, soit désœuvrement, soit impuissance à vaincre ma nature primitive, me voici replongé dans une vie sans honneur, sans gloire, sans profit, sans logement, sans meubles ; car, imbéciles que nous sommes, nous n'avions pas songé à demander si notre propriétaire avait payé ses taxes (1). Quel but atteindrons-nous à persister ? Je l'ignore.

— Et moi, je le sais, dit la femme, peu émue de la logique de celui qui lui donnait le bras; le but, mon seigneur, le voilà au bout de mon doigt.

— Mais c'est le cimetière de Horvood-Hyghgate !

— Eh bien! poursuivit la commère, n'est-ce pas là le terme du voyage de tous ceux que nous avons coudoyés dans la grande cité? Ils ont beau faire, ils aboutiront là, un jour plus tôt, deux jours plus tard, et ils n'y occuperont pas plus d'espace que nous.

(1) En Angleterre, lorsqu'un propriétaire est saisi pour dettes, on commence par dévaliser le parloir et les appartements du rez-de-chaussée; puis on monte, on saisit le premier étage, puis le second, ainsi de suite. Tant pis pour vous, locataires qui avez payé votre loyer. On vous saisit meubles, linge, argent, bijoux pour solder les dettes d'un autre. Ils appellent cela une sage législation !

— Si, si, dit le promeneur en souriant avec amertume.

— En effet, plus que vous, répliqua la promeneuse avec un haussement d'épaules exprimant la pitié; vous maigrissez à vue d'œil, vous devenez diaphane ; aussi, placé verticalement, vous n'occuperez pas plus d'espace dans cette terre que dessus; et je souffre de vous voir ainsi déshérité de cette mâle énergie à l'aide de laquelle vous m'avez conquise autrefois.

— Au lieu de t'en plaindre, sois généreuse, réjouis-t'en au contraire; tout sera bénéfice pour la fin de cette vie que je voulais faire si brillante; tu m'enterreras debout, et ma dernière demeure ne te coûtera pas une livre.

— Comme les hommes s'abâtardissent! s'écria la commère en lâchant le bras de son interlocuteur; vous vouliez tout à l'heure un vaste et splendide horizon à votre vie, et voilà que deux pieds de terre suffisent à votre mort!

Mais, pauvre fou! vous ignorez donc que c'est
la tombe qui presque toujours donne la renommée? Plus on occupe d'espace sous nos
pieds, plus on fait de bruit au niveau de nos
têtes; le bruit, c'est la vie; vous voyez donc,
insensé, que l'on vit encore dans la tombe.

— La philosophie me retrempe, et je ressai-
sis mon intelligence, dit l'homme en pressant
le bras de sa compagne; mais puisque nous
voici à Highgate, continuons notre promenade, elle nous donnera peut-être quelque utile
leçon.

— J'aimerais bien mieux, dit la femme d'un
ton dédaigneux, que cela nous donnât un excellent bifteck.

— Comme vous êtes matérielle, ma chère
amie!

— Comme vous l'êtes peu! répondit la commère avec un demi-sourire de mépris.

— Tout ce qui est léger monte, dit l'homme.

— Et pourtant, répliqua la femme, presque

tous les cadavres n'ont que les os et la peau.
Devez-vous, mon seigneur, lever la tête pour
les voir? Frappez du pied, et cela sonnera creux.
Au reste, que parlons-nous l'un et l'autre, de
misère et de déceptions? L'existence est-elle
autre chose, et ne trouvez-vous pas fort triste
que le bonheur de la vie humaine se compose
des malheurs qui n'arrivent pas?

—Vous êtes pessimiste en diable, ma chère
dame, mais j'étais né, je vous le répète, pour
dominer la foule : à qui la faute si je ne dois
point baisser les yeux pour la regarder?

—Pauvre ami, que d'aberrations! Ai-je donc
besoin de vous apprendre que ce n'est pas toujours ce qui domine qui est grand? Voyez la
bruyère de la montagne, voyez le chêne de la
vallée.

—Tenez, mistress, vous êtes consolatrice
comme l'infortune du voisin, voilà pourquoi
je vous aime. Convenons en finissant que l'honneur et les honneurs vivent en fort mauvaise

intelligence, et que ce pluriel est assez singu
lier.

Ils étaient à Highgate.

Il a beau faire, l'impie même se recueille
involontairement dans le champ de l'éternel
repos, et le silence de ce lieu de deuil est une
instruction et une menace à la fois.

Qu'on nous répète que nul enseignement
ne nous vient de la tombe, je réponds, moi,
que ce qui n'est plus fait méditer ce qui est, et
que le néant prouve l'immortalité.

Nos deux promeneurs erraient insouciants au
milieu des tombes, lorsqu'un léger bruit attira
leur attention vers un cénotaphe en marbre
sur lequel se lisait un seul nom. Ils avancèrent
à pas mesurés et virent, agenouillée, vêtue
de noir, les mains jointes, le corps affaissé,
une femme dont les traits étaient voilés par
une gaze épaisse. Elle priait, elle pleurait.

— C'est peut-être pour son frère, dit tout
bas le promeneur à sa compagne.

— Plutôt pour son amant, répondit celle-ci avec un sourire qu'elle s'efforça de rendre malin... La mémoire, celle de la femme surtout, est dans la tête, et le cœur est si oublieux de ceux qui ne sont plus.

—Mais ceux que l'on peut remplacer, répliqua le grand fluet, ne se pleurent que quelques jours.

— Vous avez tort, répondit la dodue matrone. Si j'avais le malheur de vous perdre, mon deuil serait éternel.

—C'est qu'il y a des éternités de toute durée... Mais silence! La jeune fille se lève, elle vient vers nous, soyons recueillis pour ne pas insulter à sa douleur, le ciel nous tiendra compte de nos égards.

Une femme en effet se dirigeait vers nos deux inconnus par un petit sentier sinueux; elle allait passer, toujours couverte de son voile, lorsqu'un léger salut de l'étranger appela son regard.

—Miséricorde! s'écria-t-elle, vous ici! vous infâme! vous profanateur!... Venez, venez, ce sera peut-être votre supplice.

Un bras vigoureux s'était emparé du bras de l'inconnu, qui avait entendu, mais qui n'avait pas compris.

—Tiens, lâche! tiens, misérable meurtrier! vois-tu ce marbre? Il protége un cadavre. Vois-tu ce nom qu'on y a gravé? Il te rappelle un crime. Ce cadavre, c'est toi qui l'as couché dans son cercueil; ce nom, c'est moi qui l'ai fait graver comme une expiation... L'homme qui est là, sous ce marbre funéraire, le vice et l'assassinat l'y ont rivé à jamais : c'est toi et moi qui l'avons tué... Lis, lis, sacrilége...

Mylord B...!

— Et moi que tu n'as pas reconnue sous ce voile, moi que la honte et le remords ont vieillie avant l'âge, moi dont la voix s'é- teint dans la prière, je suis la fille de lord B..., la femme de Georges Oxley, la confidente avilié d'un bohémien, de Biaggini, que je vais immoler sur la fosse qu'il a creusée.

Charlotte, ou plutôt Émeline, s'était saisie d'un poignard et allait en frapper l'Italien : la main de mistress Edwige l'arrêta.

— Grâce, lui dit-elle, grâce pour un coupable qui vient s'humilier dans son repentir ; ses erreurs sont nombreuses, sa pénitence doit être longue.

— Mais alors va donc, impie, poursuivit Émeline d'une voix stridente comme la foudre sur la cime des forêts ; va donc, ou j'évoque les mânes de mon père, qui sortiront de la tombe et te pousseront jusqu'aux portes de l'enfer.

Émeline tomba épuisée sur le gazon humide; mistress Edwige et Biaggini sortirent avec précipitation du cimetière.

— Vous seriez-vous attendue à cette rencontre, dit l'Italien encore tout pâle de terreur...

Ils avaient reconnu la femme de...

— Que voulez-vous ! dans l'autre monde on est exposé à de si étranges voisinages !

— Oui, en enfer; mais dans le ciel ?

— Ni toi ni moi ne le saurons jamais.

Deux policemen arrivèrent quelques instants après au cimetière ; ils virent la jeune femme étendue à terre ; ils s'approchèrent d'elle avec respect et lui tendirent une main secourable.

— Merci, oh ! Messieurs, merci de votre généreuse pitié, leur dit l'infortunée; mes forces renaissent avec ma douleur; j'étais venue prier sur la tombe de mon père, je me retire plus consolée.

Miss Émeline se dirigea lentement, lentement, vers la porte du lieu saint, et, tournant la tête pour dire un dernier adieu à la tombe de son père, elle vit les deux policemen, le chapeau à la main, qui la saluaient avec vénération. Ils avaient reconnu la femme de leur malheureux confrère Georges, mais ils ignoraient la vie d'Émeline. Ils s'associèrent à sa douleur et formèrent des vœux pour que le ciel lui rendît son mari, l'homme de la Cité.

# CHAPITRE XIV.

JALOUSIE.

> Je ne suis pas jaloux,,.
> Si je l'étais jamais! ..
> Ducis.

## JALOUSIE.

Biaggini aurait bien voulu attacher toutes ses pensées à ne point penser ; mais, malgré lui, le cancer des choses accomplies dans sa vie de coquin et de vagabond le torturait ; c'était une douleur si vous le voulez, mais une

III.                              20

douleur sans remords; c'était un châtiment, mais non pas une correction; et il avançait de bassesses en bassesses parce que tout ce qu'il méditait allait parfaitement à sa taille de bandit.

De son côté, mistress Edwige, à qui une action généreuse, incomprise de ses pareilles, aurait dû expliquer la vertu, ne pouvait guère rentrer dans la voie des cœurs honnêtes, toujours dominée par la morale de Biaggini, morale qu'elle comprenait si bien depuis son enfance, et qui lui avait livré tant d'âmes corrompues.

Eh bien! telle est la puissance des leçons données par le malheur et le repentir, que lorsqu'un événement imprévu, à peu près pareil à celui du cimetière, vient se poser devant les cœurs pervers, ils s'arrêtent comme en présence d'un avertissement céleste, ils font quelques pas en arrière, effrayés de la route qu'ils ont parcourue. Il leur semble alors que Dieu oppose une barrière au débordement de leurs honteuses passions, et ils se courbent à demi vaincus, à demi convertis à ce qui est honnête. Quand l'âme est en hostilité avec le bien, vous croyez, au milieu de la tempête, que c'est pour vous seul que jaillit l'éclair, que c'est pour vous seul que retentit la foudre. Après l'apparition de mistress Émeline agenouillée à côté de la tombe de son père, Edwige et Biaggini prirent silencieusement le chemin de leur domicile et s'assirent pâles et tremblants en face l'un de l'autre. Il était aisé de voir à leur découragement qu'ils allaient prendre une résolution salutaire ; mais tous les nobles sentiments inspirés par la peur ont peu de durée, et nous sommes bien moins les croyants d'une religion consolante que ceux d'un arbitre suprême armé de colère et de malédictions.

— Tenez, mistress Edwige, dit Biaggini, qui appelait toujours la parole à son secours quand sa pensée l'écrasait, je crois, ma fidèle,

que nous ne gagnerons rien à la vie aventureuse que nous nous faisons. Nous avons mille
fois plus de génie que tous ces gens de haute
qualité encensés par la foule, et pourtant,
ils dominent, ils trônent, ils vivent ; et, nous,
Edwige de mon âme, nous rampons, nous pa-
taugeons, nous mourons chaque jour parce
que nous comprenons notre mérite. Si nous
nous faisions plus obscurs, peut-être brille-
rions-nous davantage ; cela ressemble à une
contre-vérité, à un mensonge : n'importe,
essayons-en, peut-être que notre intelligence
est louche et renverse les objets vus à distance.
Eh bien ! qu'en dites-vous, mistress Edwige ?

— Je dis que tout cela peut être logique,
mais j'ajoute que vous auriez tort d'avoir raison, car nous n'en persisterions pas moins
dans nos erreurs ; on redresse un boiteux à
six ans, à quarante il cloche jusqu'à la tombe.

— Vous me découragez de la vertu, dit Biaggini d'un ton plaisant.

— En échange de votre parole qui me soutient dans le vice, répliqua mistress Edwige.

— Corrigeons-nous, dit Biaggini avec un soupir de regret que nous vous permettons de croire sincère.

— Biaggini, quelle est votre vie d'honnête homme ? demanda mistress Edwige après quelques instants de silence.

— Elle est courte, mon cœur, répondit l'Italien en levant les yeux au ciel. On m'a dit que j'étais le fils d'un pêcheur génois ; mais je crois qu'on m'a trompé, pauvre enfant, et que je n'étais que le fils de sa femme.

— Insulter à sa mère !

— Du tout, je n'en juge que par les corrections que m'infligeait mon parâtre. J'ai reçu plus de coups, mistress Edwige, que je n'ai de cheveux sur ma tête, et c'est peut-être pour m'arracher plus tard le bénéfice de cette comparaison, que celui qu'on appelait mon père m'empoignait chaque matin par le toupet ou par la nuque, et me lançait de sa cabane dans la rue. Je vécus ainsi jusqu'à quinze ans; à seize je me fis croiseur. Je revins à Gênes avec quelques écus napolitains, je voulus les partager avec ma mère, elle était morte ; quant à mon parâtre, on lui avait coupé la tête au vieux môle, dans une exécution publique.

En Italie, ma chère Edwige, on a de sots préjugés : il est généralement accrédité que le fils d'un coquin ne peut être qu'un coquin ; c'est absolument comme celui qui prétendrait que le fils d'un honnête homme ne peut être que Vincent de Paul ou saint Thomas.

J'essayai de donner un démenti à la croyance des Génois en travaillant avec probité sur le port; mais on m'appelait le fils du pendu, quoi-qu'à cette époque on tranchât la tête; et comme ce sobriquet m'arrachait l'ouvrage et le pain quotidiens; un jour qu'un navire anglais vi-rait au cabestan; je me jetai à l'eau bravement au moment où il levait l'ancre. Le capitaine me

sauva, me recueillit et me débarqua trois
mois après en Angleterre. Ici, ma chère, il est
difficile de vivre en honnête homme quand on
n'a pas un schelling dans sa poche; je me créai
une industrie, vous la connaissez, mais le
Quadrant et le vice sont contagieux.... j'ai tout
dit...

— Confidence pour confidence, dit mistress
Edwige en se rengorgeant comme si elle n'a-
vait que de glorieuses choses à conter.

Fille de bonne maison, je n'ai jamais connu
mon père ni ma mère, mais il est des instincts
qui ne peuvent jamais tromper; et si je fouillais
bien dans les archives de la grande cité, peut-
être ne me serait-il pas difficile de prouver que
je tiens à la plus haute noblesse du pays. Quoi
qu'il en soit de mes titres, auxquels j'attache fort
peu d'importance, je sais qu'une charitable et
dévouée personne se chargea de moi dès mon
berceau, qu'elle m'exposa sur le trottoir soir et
matin, nuit et jour, à ses côtés, et que, grâce

à ma gentillesse et aux pleurs que je versais
en riant, les aumônes arrivaient abondantes dans
la main de ma mère adoptive. Les années suc-
cédèrent aux années, les passions aux désirs, je
n'avais pas encore trois lustres accomplis qu'un
beau gentleman me séduisit, moi, pauvre or-
pheline sans défense, moi qui croyais alors
qu'une robe de soie, un chapeau de velours,
des gants aux mains, une ceinture à la taille,
un châle sur les épaules, étaient une fortune.
Hélas ! ce qui me fit vivre, ce fut précisément
l'absence des trésors.... Pardonnez, Biaggini,
mais je vous dois une franchise sans réserve, et
je ne veux rien cacher au noble fils du pendu.

— Merci, ma bonne amie, dit le Génois en
ôtant son chapeau.

— Pardon, ami, je n'ai pas voulu blesser
votre délicatesse. Quand ma taille, autrefois
si svelte, devint moins flexible, poursuivit mis-
tres Edwige d'un ton d'amertume tout dra-
matique, quand ma peau se ternit et se bour-

geonna, je montai en grade. Vous savez tout,
vous m'avez rencontrée, Biaggini, vous connaissez ma résolution de vivre votre femme selon
les lois du pays ; unissons nos efforts, mais,
par humanité, mon seigneur, plus de ces re-
tours sur le passé : il n'est pas déjà si beau
pour qu'on s'y repose avec amour.

—Maintenant que nous nous connaissons
si bien, âme de ma vie, maintenant que vous
consentez à soumettre vos volontés aux mien-
nes, permettez-moi de méditer mes nouveaux
projets, et sans nous laisser déshériter de nôtre génie créateur, plongeons, par la pensée,
vers un avenir qui peut encore se dérouler riche et consolant.

—Vous voilà dans vos rêves fantasmagori-
ques, mon maître, mais je vous le pardonne en
faveur de vos espérances. Allons nous retrem-
per au public-house.

—Cependant, ménageons nos ressources.

— Vous avez raison, ami ; depuis que j'ai

vendu ma maison de commerce, les bank-
notes ont été remplacées par des souverains,
et ceux-ci par des schellings ; tâchons que les
pennies ne viennent pas bientôt déchirer nos
poches.

— Toujours dans le vrai, mon enfant. A
Londres, rien n'est ruineux comme celui qui
donne, et le seul être qui donne, c'est le mont
de piété, qu'il faudrait baptiser mont d'impiété.

— C'est vrai, car les hommes damnés de
ces maisons, qu'on trouve ici à chaque coin de
rue, peuvent tout prendre ou tout refuser, au
prix qui leur convient, sans contrôle, sans que
leur négoce produise un seul farthing aux
pauvres ou aux hôpitaux... C'est là une ré-
forme à faire ; il appartient à des philanthropes
comme nous de la tenter.

— Nous la tenterons, mon ange...

— A propos encore : et mylord Zambala, ne
le rencontrerons-nous plus ?

— C'est probable, à moins que nous n'allions le chercher à l'antipode. Si j'avais su qu'il s'éclipsât si vite, je lui aurais demandé bien d'autres adresses, je vous jure.

— Tâchons de nous passer des absents, et utilisons le présent à notre profit.

— Bien pensé, femme.

Ils étaient descendus, et ils allaient tourner le coin de Bon-Street, lorsqu'une robe de soie frôla celle de mistress Edwige. Biaggini baissa la tête, fit un demi-tour pour cacher sa figure, et dit à voix basse à sa compagne :

— Suis cette femme, suis l'homme qui lui donne le bras, ne les perds pas de vue ; ton oreille est comme ton regard, elle perçoit de loin ; va, mon ange, recueille avec soin leurs paroles, car il y a de l'or dans leur cliquetis ; va, je t'attends chez nous.

Mistress Edwige obéit, et la voilà, d'un air insoucieux, contrefaisant la femme à demi avinée pour ne point inspirer de soupçons, près-

que côte à côte des deux jeunes promeneurs,
qui se dirigeaient vers Saint-James-Park.

C'étaient des paroles harmonieuses, de ces
douces et saintes paroles que le cœur devine,
dont l'âme s'enivre, que l'on n'entend qu'im-
parfaitement et dont pourtant chaque syllabe
douteuse est une pensée.

Les regards des deux amoureux, — car c'é-
taient deux amoureux à coup sûr, se confondaient comme s'ils s'allumaient à la même
flamme; le même sourire, un sourire séraphique
se posait sur les deux bouches, et quand leurs
deux mains se serraient, un léger frémissement,
pareil à celui du ramier qui vient s'abriter
près de sa colombe, donnait à leur démarche
un caractère tellement céleste, qu'on devinait
qu'ils étaient seuls isolés sur la terre.

Les équipages, le monde, le bruit, que leur
importait tout cela? Ils ne voyaient rien, ils
n'entendaient rien que le battement de leurs
artères, l'ivresse de l'un faisait l'ivresse de

l'autre, c'étaient deux joies dans une joie, c'eût été deux amours dans un amour.

Il fallait que cette poésie de l'âme eût bien de l'éloquence pour que mistress Edwige la soupçonnât, elle familière au langage si bassement prosaïque de Biaggini. Mais la brise qui dans le désert baigne le front du pèlerin caresse également la face hideuse de l'hyène, et mistress Edwige profitait du bienfait, étonnée de son bonheur sans trop le comprendre.

Les deux promeneurs, un moment silencieux, se montrèrent du doigt un banc non occupé; mistress Edwige les y précéda, se coucha tout auprès, feignit le sommeil de la débauche et de la paresse, et se trouva ainsi à portée des deux amoureux sans occuper leur attention.

— Crois-tu, Betsy, qu'une heure de béatitude puisse faire oublier un siècle de tourments?

— Que t'a répondu ton cœur, Edward, alors que tu l'as interrogé?

— Il m'a dit, ô mon amour, ce que le tien

t'aura répété sans doute : qu'une vie à deux
est seule la vie, que l'égoïsme de la tendresse
ennoblit au lieu de dégrader, et que, plus puissante que celle de Dieu, la volonté d'une
femme nous donne sur cette terre toutes les
joies du ciel.

— Que tu es beau, mon Edward, avec un
pareil langage !

— Ne me l'as-tu pas appris, âme chaste et
pure qui convertirais au bien Satan lui-même !
Tiens, Betsy, quand tu reposes et que mes
yeux sont ouverts sur tes yeux clos, j'admire
cette tête raphaélique pour laquelle le Créateur
a épuisé tout son amour ; il s'échappe de mon
regard, de ma parole, de mon souffle des flammes célestes qui doivent te bercer dans ton
sommeil et te caresser des plus doux rêves.
Crois-le, Betsy, le jour arrive moins consolateur
au prisonnier souriant à une espérance, que
ton regard ne l'est à mon âme, alors que tu es
rendue à la réalité de la vie. Si tu t'éloignes,

je souffre, je prie, je pleure; l'absence apprend la mort; si tu reviens, je te devine, tu es où te place ma pensée, où je te désire, où je te veux, tu m'es rendue.

— Ainsi donc, Edward, ton ciel est sans nuages?

— Il est sans nuages sur ma tête, Betsy; mais là-bas, là-bas, à l'horizon, la tempête s'amasse, la foudre gronde, l'éclair jaillit, et je courbe la tête. Il est horrible de penser, ô ma Betsy, que de deux êtres qui s'aiment, un des deux est destiné à pleurer l'autre! et si je mourais avant toi!...

— Eh bien! dit la jeune femme en saisissant la main d'Edward et en se rapprochant de lui.

— Oh! si Dieu t'arrachait à ma tendresse, deux âmes monteraient ensemble au ciel, répondit Edward.

— Pardon, ami; mais ta première pensée

est incomplète : si Dieu t'appelait à lui avant
de songer à moi ?

— Tais-toi, Betsy, tais-toi, c'est la tempête
qui mugit à l'horizon, c'est l'ouragan, la foudre et les éclairs, c'est une torture, c'est un
fer rouge, un cancer à l'âme, un enfer anti-
cipé, c'est la jalousie.

Une livide pâleur couvrait la figure naguère
calme et heureuse d'Edward, tous ses membres frémissaient, de ses mains serrées tombait une sueur brûlante, et sa bouche ne pouvait pas articuler une syllabe.

— C'est ainsi que je te voulais, lui dit Betsy
en arrêtant de son doigt une grosse larme qui
coulait des yeux d'Edward, l'amour ne peut
jamais être en repos ; l'amour, c'est la tempête
dont tu me parlais tout à l'heure, c'est la jalousie, et je te voulais jaloux...

Mais de qui mon seigneur et maître peut-
il être jaloux en ce monde ?

— De qui puis-je l'être ? demanda Edward
d'une voix tremblante.

— A propos, dit Betsy, qui voulait feindre
de ne pas avoir entendu cette question, et qui
peut-être aussi voulait arriver plus profonde-
ment au cœur d'Edward ; à propos, qu'est devenu Zambala depuis deux jours ?

— Zambala, dit Edward, Zambala, c'est la
tempête que j'ai signalée tout à l'heure. Betsy,
cet homme me tue, le regard de cet homme
posé sur toi me brûle, la parole de cet homme
arrivant à Betsy m'écrase, j'aime et je hais cet
homme ; cela se peut-il, Betsy ?

— Je le crois, Edward.

— Betsy, c'est là un terrible arrêt que tu
viens de prononcer ; il est des mystères que nous
devrions seuls connaître, nous que le ciel a créés
pour les rudes épreuves, et je damnerais mon
âme pour que tu ignorasses qu'on peut aimer
et haïr à la fois.

— Tu veux donc, ô mon adoré, que je ne

III.						21

creuse point dans ta pensée, que je ne te con-
naisse qu'à demi, que je ne devine pas tes tris-
tesses pour les combattre et les changer en
joies?...

Allons, allons, mon bien-aimé, que votre
horizon redevienne limpide, que ces vilains
nuages qui l'assombrissent aillent au loin porter leur ravage, et que Zambala l'Indien
ne soit plus pour vous la foudre qui gronde,
l'éclair qui jaillit.

— Tu m'as demandé ce qu'il faisait depuis
deux jours, répondit Edward avec une touchante confiance, je ne sais; il ne me
dit plus ses projets, il ne se plaît maintenant
qu'auprès de Georges, il semble se lasser à la
lutte pour laquelle il a épuisé ses forces, et je
crois qu'il songe à un retour prochain dans
son pays.

—Vous croyez? dit Betsy sans attendre la fin
de la phrase d'Edward. La figure d'Edward devint cadavéreuse.

—Je le crois, dit-il en s'abandonnant à sa
destinée ; il est seul, presque toujours seul,
il étudie les ressorts de notre politique, les bienfaits de notre civilisation, ou plutôt ses misères,
et peut-être y cherche-t-il des leçons pour son
pays, dont il a reçu dernièrement des nouvelles. Georges m'a dit hier que Zambala irait demain visiter le plus splendide de nos hôpitaux.

—Il a un cœur si compatissant ! dit Betsy ;
tout ce qui souffre a Zambala pour ami.

—Il est le mien avant tout, dit Edward en
se levant. Partons, mon amie, ne parlons plus
de Zambala, je lui dois le bonheur de ma vie,
et il me semble que dans l'avenir...

—Tais-toi, Edward, tu vas blasphémer, tu
dois Betsy à Zambala l'Indien, sois reconnaissant envers lui, car c'est peut-être aussi à lui
que tu dois ce puissant amour de Betsy qui
t'accompagnera jusqu'à la tombe.

—Ah ! voilà mon horizon redevenu d'azur, dit Edward en s'emparant du bras de sa femme.

Mistress Edwige se leva dès qu'ils furent partis, et alla rejoindre Biaggini.

—Eh bien! demanda le Génois à sa fiancée par le vice, du plus loin qu'il l'aperçut, as-tu bien écouté? Qu'ont-ils dit? Qu'as-tu retenu?

— Est-ce que je sais, moi? Ils ont parlé pendant une demi-heure d'orages, de tonnerre, d'éclairs et de tempêtes; ils sont fous, je crois.

— C'est possible; mais n'as-tu pas saisi au moins quelque chose de positif, de rationnel?

— Pardon, mon maître, ils ont dit que Zambala l'Indien partait bientôt, et qu'il devait aller demain visiter l'hôpital de Westminster.

—Tiens, tiens, est-ce qu'il voudrait se faire nourrice? dit Biaggini avec un sourire de satisfaction, comme s'il trouvait sa supposition pittoresque.

—Du tout, répondit la commère, c'est qu'il

est malade, qu'il connaît la haute réputation du docteur... et qu'il veut se livrer à lui.

—Ma foi, qu'il agisse comme il voudra; mais je me déclare un grand sot de n'avoir pas su profiter de ma position auprès de lui : je songerai mieux à l'avenir... à l'avenir.

FIN DU TOME TROISIÈME.

# TABLE DES MATIÈRES

CONTENUES

## DANS LE TROISIEME VOLUME.

FIN DE LA TABLE DU TOME TROISIÈME.

En Vente chez le même Éditeur.

# LES TROIS MOUSQUETAIRES,

Par Alexandre DUMAS. — 8 vol. in-8.

# UNE TÉNÉBREUSE AFFAIRE,

Par BALZAC. — 8 vol. in-8.

# LES HABITATIONS NAPOLÉONIENNES,

## LE DUC D'ENGHIEN,

Par Émile MARCO DE SAINT-HILAIRE. — 2 vol. in-8.

# CÉSAR BIROTTEAU,

Par BALZAC. — 2 vol. in-8.

# LES BOURGEOIS DE PARIS,

Par Amédée DE BAST. — 2 vol. in-8.

# UN MARIAGE COMME IL Y EN A TANT.

1 volume in-8

Corbeil, Imp. de Crété.